Kadokawa Fantastic Novels

玄真
好色村
克莉絲汀

一条渚
梢
田邊勝彥
索奇斯

瑟雷絲緹娜用雙手撐開運動短褲，仔細地觀察。這也證明了她是個一隻腳踏入了研究職業領域的魔導士吧。

賢者大叔的異世界生活日記

14

Kotobuki Yasukiyo
寿安清

Kadokawa Fantastic Novels

Contents

序章　茨維特參加晚宴

熊熊燃燒的燦然火焰。

利用風箱送風調節火力後，用鉗子將鋼塊送入火中。

燒得火紅的鋼塊接下來將遭受千錘百鍊，面臨化為各種不同模樣的命運，然而結果如何，端看工匠的想法與技術。

傑羅斯拿鉗子夾起燒得火紅的鋼塊放在鐵砧上，揮動鎚子，用超越人智的速度反覆錘打，使鋼塊延展變薄後，再將鋼塊折疊起來繼續錘打。

燒紅的鋼轉眼間變成了一把短刀。

「嗯……雖說是即席設置的，不過使用上看來沒什麼問題。很好很好。」

傑羅斯現在正在自家增建的鍛造場裡打鐵。

他想測試一下自製的鍛造場設備，所以試著打了一把刀，確認設備沒有任何問題，可以正常使用後，滿意的點了點頭。

在那之後，他又把試打的短刀給放入了火中。

「嘿嘿嘿……這下就能鍛造出各種東西啦。用魔導鍊成果然還是太無趣了呢～♪」

才剛獲得形體的短刀又再度被火焰加熱，染上紅色的光芒。

就算只是試製，只要是鍛造，他就會全力以赴。

這對傑羅斯來說是興趣的一環。

然而正因為是興趣，他才更是認真。絕不妥協。

傑羅斯基本上很喜歡自己動手製作東西，不過在製作上有許多個人的堅持。

利用魔導鍊成來做金屬加工是比較輕鬆，可是感覺跟在捏黏土差不多，他其實不太喜歡。

而且做出來的成品他也不甚滿意。

儘管持有在「Sword and Sorcery」中屬於頂尖技能的「鍛造神」，傑羅斯自己卻在現實中從未鍛造過任何東西。但不可思議的是，他在使用魔導鍊成時，對正在加工的金屬狀態瞭若指掌，心底深處同時也有一個聲音告訴他「這東西不對」。

這感覺恐怕是他現在持有的「鍛造神」的技能效果帶來的，而他下意識的順著內心深處的聲音行動後的結果，就是順勢增建了鍛造場。雖然行動力很驚人，不過完全搞不懂他這麼做的意義為何。

『工匠果然還是需要有自己的工坊啊。好了，接下來該做些什麼呢？』

因為有各式各樣的素材收在道具欄裡不見天日，他早就迫不及待的想讓這些素材改頭換面了。雖說肯定會做出一些超乎常理的東西就是了。

然而傑羅斯根本不在意。

因為這只是他自己做好玩的東西，沒有人會因此責備他。這裡甚至沒有人會妨礙或阻止他，是個專屬於他，讓他可以盡情投入嗜好中的小小世界。

◇◇◇◇◇◇◇

四大公爵家。

是指自古以來將祕寶魔法傳承下來的家系，其中包含了繼承火之祕寶魔法的「索利斯提亞家」、繼承風之祕寶魔法的「利比安托家」、繼承了水之祕寶魔法的「阿瑪爾提亞家」、繼承了地之祕寶魔法的「桑德萊克家」。又被稱為四大貴族。

祕寶魔法由於歷經漫長時光，受各家代代繼承下來，一直被視為是相當強大的魔法，可是以在實戰中使用的層面來看，這些魔法非常難運用。

索利斯提亞家的祕寶魔法雖然可以將魔法術式安裝在潛意識領域中，但是在使用時必須消耗大量的魔力，使用者會因為魔力枯竭而倒下。

其他三家的祕寶魔法則是利用魔法卷軸傳承下來的，儘管理論上能夠發動，但不是沒辦法收在潛意識領域中，就是發動成功的機率極低，分別有著某些缺陷。

當然這些魔法要是成功發動了，都具有很強的威力，可是依然無法避免一旦發動就必定會導致魔力枯竭的這個共通缺點。而且因為是利用魔法卷軸傳承的，也有被竊賊偷走的風險在。

由於魔法不管在軍事還是外交層面上，都能起到抑止或牽制的作用，所以四大公爵家的祕寶魔法情報屬於國家機密，並做了情報控管，對外只強調其威力之強大。

至於為什麼要在這時候說明關於四大公爵家和祕寶魔法的事——

「茨維特……祕寶魔法的魔法術式超複雜的耶。」

「索奇斯……你為什麼要跑到我房裡來改良魔法術式啊？而且你們家的祕寶魔法基本上也算是國家機密，不是可以隨便秀給其他家的人看的玩意兒吧。」

「又沒關係。而且不把這魔法改良到好歹能用的程度，不知道北邊的大國會做些什麼，不是嗎？畢竟那個國家最近局勢不太穩啊。」

「想要人給你意見的話，去找庫洛伊薩斯。我只顧著用。」

「你真小氣耶～而且我要是去找庫洛伊薩斯，他也只會滔滔不絕的跟我說些專門領域的知識說半天而已～根本是浪費時間。」

「唉～……這點我的確無法否定啦。」

索奇斯．威爾．利比安托。十七歲。

四大公爵家之一，利比安托公爵家的長男，未來將會成為下任公爵的青年。

由於其開朗明快的個性、孩子氣的言行舉止，還有可愛的娃娃臉，在某些貴族以及特定人士間相當受歡迎。

主要是基於「他是男的？真的假的？不……就算是男的也無所謂。」或是「他真的是男孩子嗎？不，他搞不好是個帶把正妹……」不然就是「小索索好萌喔～哈嘶哈嘶……」之類的原因，讓當事人在並未刻意經營的情況下，成了個罪孽深重的人。

因為有著中性外表的他穿上洋裝化妝後，看起來完全是個少女，他本人也非常介意這件事。

他之所以會纏著茨維特，也是因為茨維特是少數不會對他的外表多作評論，讓他可以輕鬆地說出內心話的朋友。一方面也是他本來就喜歡親近他人。

只要是男人，數度目睹同性看著自己臉紅，下意識地別開目光的樣子，心裡自然會有些不舒服吧。也難怪他會覺得煩。

該怎麼說呢，在別種意義上，他也是過得很辛苦。

「你基本上是代表利比安托公爵家來出席晚宴的吧。再不去換衣服時間就要來不及了喔。」

「無所謂吧，我們蹺掉別去啦。反正我們不在場，事情還是會有進展，麻煩事就交給其他人吧☆」

「你啊～完全沒有身為下任當家的自覺嗎？你好歹也是公爵家的人，不該說這種話吧。而且這次的晚宴是我們家主辦的，我也一起蹺掉就糟了。」

「我不喜歡被身上都是濃厚香水味的女人巴著不放啊。要我出席那種滿是刺鼻香水味的場合，我會很想吐啊。連生理期都遲到了。」

「男人根本沒有什麼生理期吧！我的確也不喜歡香水的味道，不過你還是死心吧……」

茨維特也懂索奇斯想表達的事情。

晚宴是比晚餐會規模更小的貴族聚會，這種宴會舉辦的主要目的是讓貴族們蒐集情報或交換意見，不然就是在進行密談時用來掩人耳目用的。

同時也具有讓年輕一輩或各家繼承人加深情誼，或是作為尋找結婚對象的聯誼會場的功用。

這次的晚宴是由索利斯提亞公爵家主辦，茨維特身為下任當家，就身分上而言是不得不出席。但他也很能夠理解索奇斯會排斥這種場合的心情。

只是基於所處的立場，他得盡到貴族應盡的義務。

「那就蹺掉嘛。逃離宴會～抵制參加也可以啦。」

「哪能做那種事啊！你幹嘛想抓我一起當共犯。趕快認命去換衣服啦。」

「咕～正式禮服穿起來很拘謹，我很不愛穿啊～唉～……真討厭～」

「你少在那邊碎碎念了，趕快去做準備！沒時間了。女僕們也很無奈喔。」

「茨維特你也很不知變通耶。放輕鬆點嘛。」

「你把貴族的義務當成什麼了？既然我們是靠人民的稅金長大的，就沒資格抱怨吧。反正也就是工作這一個晚上，你就忍著點吧。」

「唉，有下輩子的話，我想當個小市民就好了。貴族這種玩意兒根本不是人幹的。」

儘管嘴上還是抱怨個沒完，索奇斯還是拿起了掛在衣架上的正式禮服，開始換起衣服。

然而這時他卻碰巧在沙發下面發現了不可能會出現在男人的房裡的東西。

「茨維特～」

「幹嘛？」

「這是什麼？」

「什麼啊？呃！」

索奇斯的手上拿著的是用淺綠色布料製成的女用內衣——也就是被稱為內褲，或是叫小褲褲的玩意兒。

恐怕是茨維特的護衛杏在昨晚值勤時，一如往常的在這個房裡製作女用內衣，不小心把其中之一遺留在這裡了。

可能是杏在沙發旁製作，收拾東西的時候掉到了沙發底下吧。

『這麼說來，杏今天早上看起來很睏。她是整晚沒睡在值勤嗎？』

以年紀來說明明還是個孩子，卻非常盡忠職守，沒有任何怨言的接下了大夜班的工作。出這一點小錯也還在可以容忍的範圍內吧。

然而在男人的房裡發現女用內衣，會讓人對房間的主人產生某些疑惑，這又是另一個問題了。

「茨維特……難道你有女裝癖嗎？」

「怎麼可能啊！」

「那這是偷來的嗎？不，可是從這個品質看來，這應該不便宜吧？難道你是從夫人們的房間……不會吧，難、難道你是個超級媽寶！」

「才不是！我絕對不是那種人，你怎麼會導出是我偷了母親大人的內衣這種結論啊！是我的其中一個護衛有在製作這類產品販售。恐怕是她在夜間護衛時進了我的房間，待命期間為了打發時間才做的吧。我覺得應該是她大致上有收拾過，但不小心漏了一件沒收。」

「你這藉口會不會太牽強啦？」

「我反倒想問你，我現在在你心中的形象是怎樣啊？」

「……你該不會……有把這個套在臉上吧？或是戴在頭上？還是說……難道你穿上了？」

「你平常到底是用什麼眼光看待我的啊？」

無須顧慮彼此，可以暢所欲言的朋友相當難得，然而茨維特有時候實在搞不懂索奇斯。

該怎麼說呢，因為他總是很愛胡鬧，所以很難分辨哪些是他的真心話。

要說他是個表裡如一的人也沒錯，可是以貴族的——而且還是公爵家的繼承人來看，只會覺得他的行為太笨了點。讓人擔心他的將來。

「……裝備！唔喔喔喔喔喔喔喔！」

「你幹嘛套上去啦！你是變態嗎！」

茨維特用力的揍了把內褲套在臉上的笨蛋。

他決定之後再向杏抱怨這件事，總之得先讓眼前這個死到臨頭還想拖延時間的笨蛋閉嘴，趕快換衣服前往作為晚宴會場的大廳才行。

因為他就算只遲到一下下，父親德魯薩西斯也會嚴厲的責備他。

結果在換衣服的期間，索奇斯還是不死心的做垂死掙扎，等他們抵達會場時，父親德魯薩西斯的開場致詞已經結束了。

對於茨維特本人也不想做出的失禮行為，德魯薩西斯的眼神冰冷得嚇人。不用說，索奇斯也怕得渾身顫抖。

沒人敢忤逆最強同時也是最凶惡的現任公爵。

◇◇◇◇◇◇

貴族們每年都會舉辦數場晚宴或舞會這類的活動。而一年中大概會有兩次是在王都舉辦。

這當然是公爵、侯爵、伯爵等級的貴族和鄰近的下級貴族之間交換情報的機會，但是也如同前面所提過的，這也是讓既有貴族與新興貴族碰面，或是讓將會成為繼承人的少爺和大小姐互相結識彼此的聯誼會場。

老實說這種活動根本是在浪費稅金，不是那種沒事就能一直舉辦的玩意兒。

持有子爵和男爵這種等級的爵位的人，要是連前面加上「準」的人也算進去，也有相當可觀的人數，而其中有不少貴族一生從未出席過這種宴會。

家族歷史悠久的貴族通常比較重視傳統，出席宴會的貴族成員也不會改變。甚至有人認為舉辦這類宴會屬於一種義務。

然而這對於不習慣這些舊有慣例或習俗的人來說，簡直是地獄苦行。

晚宴現在進行到了眾人站著享用輕食閒聊的階段。眾多貴族們開心地談天，或是為了結識其他貴族而四處找人攀談，或是在別的房間裡密會。

「……為什麼不能公事公辦，簡潔明快地談完要事啊。我已經受不了了。」

「這……唉，如果是討論國境的情勢或是其他國家的傳聞，或許可以那樣做，不過也有些貴族是想聽聽別人的意見吧。畢竟貴族基本上是重視上下關係的縱向社會啊。」

「要一一請示過上層再行動的話，真有個什麼萬一時反而有可能會來不及對應，不是嗎？我是覺得碰到緊急的時候不需要顧慮其他貴族的面子啦～」

「你雖然說得一本正經，不過你單純只是累了吧。」

「你說對了。」

茨維特因為把參加晚宴視為是義務，所以已經做好覺悟要承受一定程度的精神疲勞了，可是索奇斯在晚宴開始後不過十分鐘就膩了。

他接下來將近一個小時都在低聲抱怨，嘮叨個沒完，讓茨維特也不禁擔心起索奇斯的將來，懷疑他這樣有沒有辦法繼續當公爵家的繼承人。

他很不擅長忍耐。

「是茨維特少爺呢⋯⋯」

「該由我們主動向他攀談嗎？不過老實說，我很不擅長面對茨維特少爺⋯⋯」

「要是庫洛伊薩斯少爺在就好了，不過他今天沒出席，真可惜。」

「索奇斯少爺不管什麼時候看都很可愛呢。」

「不能把他帶回家嗎？」

「「⋯⋯⋯⋯」」

貴族大小姐們不知道為什麼都不願接近茨維特。

她們雖然還是會找他攀談，簡單問候兩句，但除此之外女性都會從他身邊逃開。

唉，茨維特在這種活動會場上總是板著一張臉也是女性會迴避他的原因之一，不過他這個當事人完全沒意識到這點。

索奇斯很受女性歡迎，不過他本來就很討厭香水味，所以不會主動去接近女性。

他這作風也讓人覺得有些孩子氣，很可愛，反而導致他更受歡迎。以某方面來說，這兩人身為下任公爵繼承人，正好處於兩個極端。

「茨維特不去問候一下其他人嗎？你之前不是說很想要女朋友？雖然你那時候變得有點大少爺脾氣

就是了。」

「不，我那個時候出了一點狀況……」

「你那沉浸於欲望之中的模樣，老實說連我都不敢恭維啊……」

「……別說了。」

茨維特以前出席利比安托家主辦的輕食派對時，正處在同學布雷曼伊特具有洗腦效果的血統魔法影響下，成了個得意忘形的大少爺。

那時候他也見到了索奇斯，然而——

『茨維特，在我沒見到你的這段時間裡你是怎麼了啊！是吃錯藥了嗎？』

『索奇斯，本大爺決定要忠於自己的欲望而生。這世上只有女人、女人，還有女人啦！』

『你對女人有這麼飢渴嗎！』

『不管用什麼手段都行，我要讓上千個女人來服侍我。開後宮是每個男人的夢想吧？嗯……這麼說來，仔細看看，你也長得像個美少女嘛？』

『不～要～～啊～～～快來人去找醫生過來～～～～！茨維特壞掉了啦！』

——引發了這樣的騷動。

茨維特就這樣留下了令他如今回想起來還是會臉紅的黑歷史。

「我那時候稍微中了人家的洗腦魔法……」

「你說洗腦？那事情不是很嚴重嗎！」

「其中一個犯人現在仍下落不明。要是找到了，我一定要把他大卸八塊……」

事件的元凶布雷曼伊特失蹤了。

有時回想起當時的事，茨維特依然會因為丟臉及憤怒而渾身顫抖。

就連現在，他握緊的拳頭也氣到發抖，讓索奇斯有些同情起那個犯人了。

不過實際上布雷曼伊特已經被索利斯提亞家的手下給抓住，強迫他從事檯面下的骯髒工作。

既然他曾企圖危害公爵家，想必是沒辦法重見天日了吧。

明明是自己家做的事情，茨維特這個受害者卻不知道這個事實。他永遠無法弭平心中的創傷，實在是太可悲了。

「呼哈哈哈！好久不見了啊，克雷斯頓。你比上次見面的時候又縮水啦？」

「說什麼蠢話！你的肌肉才是又練得更誇張了吧。多餘的肌肉只會讓身體變得笨重。害身體活動起來更不靈活罷了。」

在這個鄰近貴族齊聚一堂的晚宴中，艾維爾子爵家的人當然也有出席。

只是不知道為什麼老翁薩加斯也在現場。

「薩加斯老師？不是，我是知道艾維爾子爵家的人會來，可是老師現在算是外人吧。他怎麼會出現在這裡？」

「茨維特，那是誰啊？」

「是戰術魔導研究領域的先驅。他率先倡導實戰取向魔導士的實用性，卻遭到當時的魔導士團施壓而被趕了出去。唉，他本人也跟魔導士團不合，所以離開或許也好啦。是我景仰的對象。」

「哦～……算了，不重要。」

索奇斯畢竟也是魔導士家族出身。絲毫不關心自己沒興趣的事情。

無視這兩人的反應，一旁既是朋友又是好敵手的克雷斯頓和薩加斯正吵得臉紅脖子粗。他們的交情就是這麼好。

這是題外話，不過薩加斯基本上也不關心自己沒興趣的事物，總是在回想歷史上曾使用過的各種戰術，思考應該採用能夠進行接近戰的魔導士的戰鬥方式。

由於他思考的樣子看起來像在放空，才會得到白搭男這個難聽的別稱，不過他本人根本不在意。是個只顧貫徹自己信念的人物。

「——那表示你的訓練還不夠。速度這種事，只要先把肌肉練好，解決辦法多得是。要是再有魔法輔助，簡直無敵啊。」

「老夫也贊成透過訓練，讓魔導士也能靠魔法以外的方式作戰，可是練成肌肉猛男這練過頭了吧！老夫還是一樣搞不懂你到底是以什麼為目標吶。」

「那當然是最強的頂點。你不也因為沒練身體而不斷縮水嗎？以前那帥氣的樣子上哪去啦？」

「不用你管！比起那個，你為何會出現在這裡。你不都說『貴族的聚會不合老夫的個性，去參加也是浪費時間』嗎？」

「沒什麼，老夫只是陪學生前來而已。不然誰要來這種滿是香水味的地方啊。」

索奇斯打從心底贊同薩加斯這句話，產生了「啊，我跟這個老爺爺好像很合得來」的想法。而茨維特則是對「學生」這個詞起了反應，下意識地尋找起那個人的身影。

不知是某人刻意安排還是命運的捉弄，又或許只是單純的偶然，那個人意外的就在附近。

茨維特和那個人正好對上了眼。

那人就是克莉絲汀・德・艾維爾子爵家大小姐。

「「啊……」」

包含今天在內，第二次四目相對的視線宛如雷射光束。

不知為何兩人都說不出話來，因為忽然湧上的悸動和害羞而動彈不得。

兩人之間颳起了名為戀情，不合季節的颶風。

不知道這些事情的索奇斯一臉疑惑地看著茨維特。

「茨維特，你為什麼看著人家就僵住啦？」

「…………」

「…………」

「你有在聽我說話嗎？」

「……哼～嗯。喂，我可以去向那女孩搭訕嗎？」

「啥？你突然說這什麼話啊！」

「啊，有反應了。嗯嗯嗯，原來如此啊……」

索奇斯從茨維特的態度大概掌握住了現況。

他腳步輕快地走近克莉絲汀，大搖大擺的開口：「初次見面。我是索奇斯・威爾・利比安托。不好意思，方便請問妳貴姓大名嗎？畢竟我朋友那個樣子。」說了這番話。

「咦？啊……我，不，在下是克莉絲汀・德・艾維爾。那個，是臣屬於索利斯提亞公爵家的子爵家當家……」

「喔？是女孩子當家啊，真稀奇耶。而且還是騎士家系～」

「是、是的……」

四大公爵家的繼承人突然來向自己搭話，讓克莉絲汀有些無所適從。

看到她的反應，儘管這想法可能太輕率了，但茨維特還是覺得她很可愛。

「啊，而且妳平常的語氣比較像男孩子耶。哎呀～跟我的定位有些重疊了呢～」

「抱、抱歉。那個，因為我是在男性較多的環境下長大的，不太有身為女性的自覺。」

「嗯嗯嗯。我覺得這樣相處起來也比較輕鬆啦。是說妳和茨維特是什麼關係？能讓那個平常自以為硬派，實際上很悶騷的茨維特僵在原地，妳也是個難得一見的人才啊……唔哇，好痛！」

「……你說誰悶騷啊！」

索奇斯多管閒事地跑去戲弄人家，結果後腦杓被茨維特用力的戳了一下，痛得淚眼汪汪。

突然從背後襲擊他的茨維特看起來非常不高興。

「真、真過分……是茨維特你僵在那裡不動，不幫我介紹她，我才直接來跟她打招呼的啊。為什麼我得挨揍啊？」

「你要是少說兩句廢話，我也不會揍你。抱歉啊，克莉絲汀……這笨蛋忽然跑來給妳添了麻煩。」

「不、不會……那個，兩位感情真好呢。」

「我有時候會覺得這傢伙很煩。」

「咦～？我跟茨維特不是好朋友嗎～你這樣對我也太過分了吧！」

他們兩個的交情是不錯，可是索奇斯以某種意義上而言和庫洛伊薩斯是同類。

兩人都是徹底忠於自己的興趣，有時會連累旁人的麻煩製造者。

茨維特之所以嫌他煩，背後的原因就是認識他之後，茨維特不知為何成了他惹事時最大的苦主。

這兩人在會闖下大禍這點是一樣的，不過若是索奇斯，茨維特大多會直接受害，庫洛伊薩斯則因為是在他不知情的地方惹出事端，所以感覺好一點。

唉，不過庫洛伊薩斯也只是沒直接危害到茨維特，相對的給他身旁的人添了很大的麻煩就是了……

「因為你經常會闖禍啊，其他公爵家也都叫我要看好你。為什麼我得當你的保母啊？」

「我不知道啊。而且我從來沒有給別人添過麻煩。別把我當成庫洛伊薩斯的同類啦。」

「你說這話是認真的嗎？不是，你確實是比他像樣一點，可是就因為你們的行為模式相似，惹出了不少問題吧？」

「咦～？我不過就是跑到郊外去想試試改良後的魔法，或是手邊沒材料了，跑去鎮上賣素材的店裡用賒帳的方式買了一些素材回來而已啊？」

「你這不就是在惹麻煩嗎！就是因為你會忽然消失，讓周遭的人很傷腦筋啊！你至少跟人說一聲再出門吧。」

「我不知道，我不要聽，我不懂啦！我不想失去自由！」

沒錯，索奇斯就是太自由奔放了。

他一想到什麼就會馬上實行。好歹也是公爵家的繼承人，卻連個護衛都不帶就跑到鎮上去，讓宅邸裡的僕役和隨從們都很頭痛。

也因為他是毫無前兆的突然付諸行動，所以沒人能夠事先預測。

而且他還莫名地擅長暗中行動。

「去到你們家的領地，我還不知道為什麼得幫忙出去找你～……克莉絲汀，妳要小心點。要是被這傢伙纏上，就跟我一樣有苦頭吃了。」

「啊哈哈……」

「而茨維特一舉就找到了我。這就是愛啊！」

「你不要一臉認真的說那種噁心的話啦！」

看索奇斯公然用充滿男子氣概的表情宣稱這是愛，讓茨維特情緒激動地又動手揍了他。

畢竟這裡是公共場合，所以他有控制力道，然而還是有不少人對動手揍了美少年（？）的茨維特投以批判的目光。男性貴族們的眼神尤其銳利。

而某些心靈腐敗的貴族大小姐們，則是像某隻能用耳朵在天上飛的大象一樣，大大地豎起了耳朵偷聽他們的對話。

「我好想抱緊你喔，茨維特。」

「……閉嘴。」

「哼，算了。既然茨維特你這樣說，那你就孤寂的在這會場上遊蕩吧。就算你因為我不在而寂寞得哭濕了枕頭，也不關我的事。」

「就叫你別說這種噁心的話了！」

索奇斯氣呼呼的走出了會場。

不過茨維特這時候終於發現他的企圖了。

「糟了！那、那傢伙……居然利用我溜走了！那傢伙肯定是想偷懶！」

「咦？那個……索奇斯少爺也是公爵家出身吧？他做這種事情沒問題嗎？」

「問題可大了。因為在這個輕食餐會的環節之後還有舞會在等著，他為了逃離那些笨男人，才會在第一時間企圖開溜。而且還是即興想出這招的。」

「為什麼是想逃離其他男性啊？索奇斯少爺他不是……」

「沒錯，他是男的。可是他不知道為什麼很受男人歡迎。過去曾被其他傢伙約去跳舞好幾次，每次都會跑來找我哭訴。所以他這次一定也是料想到會發生一樣的事，才早早找藉口離開這裡。」

「真厲害。既然事發突然他也能臨機應變，應該可以當軍師吧。」

索奇斯確實很擅長臨機應變。

可是這僅限於他自己碰上危機的時候，他平常就是個自我中心到極點，不過還算多少有些良知的人。

對索奇斯來說，逃離討厭的事是理所當然的，身為貴族的義務和責任只是沉重的負擔。他曾光明正大的公然說出他的真心話，讓臣屬的部下們都哭了。

這種人是下任當家，可以想見未來有多令人憂心。

「他之後會被我老爸幹掉的……」

「畢竟德魯薩西斯公爵在這方面感覺很嚴格呢。」

「每次遭到波及的都是我。他恐怕打算就這樣溜掉，直到晚宴結束吧。」

「茨維特少爺……」

克莉絲汀從茨維特的背影上感受到一股哀愁。

德魯薩西斯也把看管索奇斯這件事交給茨維特來負責，他又對這種逃離貴族義務的行為非常嚴厲。不管怎樣茨維特都得負起連帶責任。

聽了茨維特的說明，克莉絲汀也懂他為何悲哀了。

這時候他就已經確定會被罵了。

他因為個性太認真，而背負了辛勞又可悲的宿命。

「總覺得很抱歉，讓妳看到了這種難看的場面。」

「不、不會……不過兩位的感情真的很好呢。讓沒有朋友的我，不是，是在下有些羨慕……」

「唉，是不差啦。雖然有時候會想跟他斷絕往來就是了……是說妳可以用平常說話的語氣跟我說話喔？不然我很在意耶。」

「這可不行啊。比起這件事，你不去找索奇斯少爺沒問題嗎？我……不，在下也會幫忙的。」

「雖然老爸很可怕，可是就我的立場來看，我也沒辦法離開這裡。畢竟我算是主辦者的一員。也不能把這裡全丟給爺爺來應付。」

「啊，這麼說來，他剛剛和老師……」

「……啊！」

茨維特回想起來了。薩加斯和克雷斯頓方才還在爭執不休的事——

兩人連忙環顧晚宴會場，尋找老師和祖父的身影。

在會場裡沒看到克雷斯頓他們，急忙跑到迴廊上，才發現前來參加晚宴的貴族們不自然地聚集在前往中庭的大門前。

看來是發展成要認真一決勝負的狀況了。

「嘖！你是因為縮水所以動作變快了嗎！在那邊晃來晃去的，乖乖被老夫的拳給擊沉吧！」

「光憑蠻力揮出的拳頭，對老夫是無效的！笨重的攻擊打不到敵人也沒用。吃老夫這招！」

「呼哈哈哈哈！像你那種攻擊，在老夫這歷經千錘百鍊的肌肉前毫無意義啊。沒用沒用沒用！」

「「……」」

兩人的親族及師長正在中庭裡交手。

他們鬥嘴的語氣聽起來莫名地有些開心。

「他們兩位不是朋友嗎？」

「是那種感情好到會打架的朋友吧。我是有聽說過這件事，但沒想到他們真的會不看場合就打起來啊……比起這個，拜託他們別用連這裡都聽得到音量大叫啦～」

克雷斯頓和薩加斯彼此是好友，同時也是好敵手。

兩人碰面就一定會起爭執，最後大打出手。

茨維特也聽過這個傳聞，卻沒想到這居然是事實。

而且在眾多貴族齊聚一堂的晚宴會場上動手這種事雖然很誇張，可是這種誇張行徑在貴族之間很有可能已經成了例行公事了。

實際上有點閒錢的貴族們已經開始下賭注了。

在負責開賭盤的莊家當中還出現了某個眼熟的女僕。

「克雷斯頓大人那把年紀了還能踏出如此輕快的步伐。煉獄魔導士仍是老當益壯啊。」

「薩加斯閣下的身體反應愈來愈敏銳了，真是強悍啊。」

「真是不枉他破壞魔導士的名號。若是吃下他那一擊，那可不是鬧著玩的。」

「不不不，克雷斯頓大人的動作也很有威脅性喔。動作輕巧有如蝴蝶飛舞，攻擊又銳利得宛若胡蜂螫人。喔喔？那招是輪擺式移位嗎！」

「不過他的一擊沒有薩加斯閣下的威力啊。」

「所以他才會連續出拳吧？可是薩加斯閣下也比外表看來更強韌啊。」

「喔喔～一記飛膝踢直接命中了薩加斯閣下的下巴！」

「不會吧，中了那招居然沒事……薩加斯閣下真的是人類嗎？」

「那位閣下不是被人戲稱為白搭男嗎？」

「那是因為薩加斯閣下平常都在做凝聚魔力的訓練或是思考戰術，樣子看起來好像在發呆，才會有那樣的傳聞。本來他就是個非常好戰又危險的人啊。」

晚宴在輕食餐會之後還有舞會，卻在那之前開起了武鬥大會。

雙方明明都是魔導士，卻完全沒有使用魔法，光靠肢體語言盡情地交流。還都無謂的有著高超的格鬥技巧。

兩人熾熱的戰鬥發展瞬息萬變，讓參加晚宴的貴族們都不禁屏息，看得目不轉睛。是場讓人連一秒都不想錯過的精彩對決。

「爺爺……身為貴族，這樣實在不妥吧。沒辦法做其他人的榜樣啊。」

「老師……為什麼會在公爵家的宅邸裡跟人大打出手啊……一個不小心我們家就會被抹滅的。」

「不，我老爸跟爺爺都不會因為這種事情就除掉妳家的啦。不如說他們還會覺得這很有趣，說出『好啊，就盡情打到雙方都心服口服為止吧』這種話。」

「兩位寬闊的胸襟反而讓我很煎熬啊～」

索利斯提亞公爵家寬大的心胸，讓克莉絲汀難受到連刻意改變的語氣都變回原樣了。不如說這反而讓她覺得很沉痛，在心靈上也是，然而……

「唔喔！克雷斯頓大人的踢擊和薩加斯閣下的拳似乎互相交錯……」

「這該不會是……」

「竟然是拳與腳的交叉反擊～～～～～！」

「這下真是看到了不錯的場面啊。」

由兩位老人上演的全武行，在這之後仍持續了好一段時間。

而在會場的貴族沒人知道，後頭有個負責擔任晚宴司儀的侯爵默默落淚的事情。

「呼哈哈哈哈，總算熱身完了。老夫接下來才要拿出真本事！」

「哼哼哼，你要挑戰幾次都行。老夫會用我的肌肉把你所有的攻擊彈回去的！順便送你最後一程。」

「少說蠢話了！你要是辦得到，就做給老夫瞧瞧啊！」

「你這話正合老夫的意，君子一言既出，駟馬難追啊！老夫就送你上路吧！」

原本安排的舞會就此中止，公爵家主辦的格鬥比賽進入了延長戰。

至於參賽者的學生和孫子在這場比賽背後為此頭痛不已的事，自是不在話下。

第一話　時代在晚宴的檯面下變動，會場一片混亂

在晚宴最後變成了克雷斯頓和薩加斯的私鬥大會，讓茨維特和克莉絲汀頭痛不已的稍早前。

德魯薩西斯公爵和他所信賴的部分貴族們召開了會議。

他們不只是普通的貴族，也是重新編制後的魔導士團及騎士團軍務部的相關人士，所以受召集前來的他們最清楚這場會議所代表的意義。

在貴族們座位前的長桌上，放著彙整了某個計畫詳細資料的文件以及某種特殊武器，這武器也是公爵找他們過來的原因。

「德魯薩西斯公爵……這就是你方才告知我們的武器嗎？」

「嗯，正確來說是我手下的人回收了梅提斯聖法神國製造的武器，經由我派系裡的魔導士之手改良後的產物。也可以說是舊時代使用的武器的仿製品。」

「這……不是杖吧。是會從這個筒狀的部分射出什麼的武器嗎？」

「還滿重的呢……不過沒劍那麼重。」

儘管是貴族，但他們同時也有參與軍務，所以一看就知道槍是怎樣的武器了。

可是他們很懷疑這武器能否運用在實戰上。

「從這個開口大小看來，射出的應該是小型的金屬塊吧？」

「原來如此……如果是用弓，會需要用上大量的箭矢，增加補給物資的負擔……」
「如果是小型的金屬塊，應該會比輸送補給用的箭矢更不占空間吧。可是這樣的武器真的有殺傷力嗎？你說這是梅提斯聖法神國製造的武器，可是我從沒聽說過他們有把這種武器運用在實戰上。」
「各位的疑問都很合理，不過梅提斯聖法神國已經實際使用過這種武器了。正好是在伊魯瑪納斯地底通道開通的時候。」
會議現場一瞬間鼓譟起來。
德魯薩西斯在從索利斯提亞魔法王國途經地下都市伊薩・蘭特，延續到阿爾特姆皇國的伊魯瑪納斯地底通道開通時，派遣了外交使者過去。
現任國王也知道且同意這件事。
他把當時使者遭到刺客襲擊，和阿爾特姆皇國的戰士團共同擊退了敵人的事情告訴在場的眾人。
敘述中當然隱瞞了傑羅斯的存在。
這件事屬於國家的重要機密，同時也因為他們和阿爾特姆皇國之間簽訂了密約，要求雙方不得將擄獲的勇者消息告知梅提斯聖法神國，所以貴族們若是沒有一定的地位，是無從得知這些內情的。
儘管只有少許的情報，但他將這件事告訴貴族們，也讓現場的貴族們意識到，這武器是會使往後的軍隊產生重大變革的機密事項。
「現在你們拿在手上的樣品，也就是這個稱作槍的武器是非常危險的東西。畢竟只要能使用魔力，就算是女人或小孩都能夠輕易地殺人。一旦生產的數量夠多，在用兵方面也會帶來極大的變化吧。可是絕對要避免這東西流入民間。這是因為就算只有少許的情報洩露出去，就會有人試著生產製造吧。所以這無論如何都必須視為是最高機密。」

『『『『『啊啊……原來如此。』』』』』

貴族們的腦海中一致地閃過了矮人這個種族的身影。

不論是好是壞，矮人這個種族的一切都建立在他們是工匠上。就算只是將槍這種武器的些許情報告訴了他們，他們都會喜孜孜地開始試做吧。

那份身為工匠的熱情非常驚人，會持續到東西完成為止。

那才真的是所謂的廢寢忘食，到死之前都會不斷研究下去……

「在各位面前的是稱為來福槍，在遠距離攻擊的情況下使用的槍，不過只要運用這個技術，也能夠做出手掌大小的槍吧。各位應該了解我這話中的意思吧？」

「連女人和小孩都能夠輕易的殺人，就表示……」

「要是不小心讓這東西流入市面，犯罪率會提昇吧。再說犯罪組織也會企圖利用這種武器，有必要制定嚴格的法規呢。」

「我可不希望人人都能輕易獲得這種武器啊。被拿去用在暗殺上那更是不妙。」

「我個人倒是求之不得呢。呵呵呵……」

「「「「德、德魯薩西斯公爵？」」」」

總是在尋求刺激的德魯薩西斯，是很歡迎世界走上血腥暴力之路的。

可是即使他自己覺得沒問題，他也不能把其他人一起拖下水，所以就算他希望槍械普及化，也不會主動去實行。

畢竟槍械犯罪這個新的難題，不僅會使往後出現的犯罪行為有更多的可能性，在搜查層面上也得建立起新的技術才行。

考慮到做完這些準備需要多少的時間，還是從一開始就限制僅有軍隊能夠使用，不讓槍械流通到一般社會上比較快。

如果連生產線都由國家直接管理，就能在某種程度上抑制槍械犯罪率的成長。要是真的發生了槍械犯罪，首先被懷疑的對象也一定是軍務部。

畢竟能夠拿到槍械的只有軍務部的相關人士，更何況是讓槍械外流的情況，等於足以斷定有高層人士在背後協助犯罪。

縮小需要監視的對象，事情就變得簡單多了。

雖說軍務部只要監視這些高層，就能夠在某種程度上抑止犯罪及違法行為的發生，但這依然不是可以樂觀看待的事情就是了……

利用槍這種武器來提昇國防實力，從國民的角度來看是很值得高興的事，不可能為了防止犯罪行為，就因噎廢食地從一開始就不製造槍械。

既然梅提斯聖法神國已經製造出火繩槍這個槍械的原型了，槍械遲早會普及化，德魯薩西斯也有未來總有一天要把情報及技術擴散出去的想法。

所以他才會判斷既然如此，應該趁早讓世間理解槍械的危險性，同時在嚴格管理下開始派駐使用槍械的騎士團。

「你所指的就是這個『魔導槍手隊計畫』嗎？這件事已經知會陛下了？」

「已經告知陛下了。陛下說『你為什麼擅自擬定了這種計畫啊？乾脆由你來當國王就好啦。我根本是擺飾吧？我就只是坐在王座上嘛……』鬧起了彆扭。不過很遺憾，我喜歡待在檯面下行事，不覺得王座有什麼魅力啊。就算他說要給我，我也不需要啊。」

『『『『陛下～～～～～～～！』』』』

貴族們深切地感受到國王有多哀怨。

就算回顧整個索利斯提亞魔法王國的歷史，也找不到能與德魯薩西斯公爵並列的傑出人才。他確實是個才幹出眾的人物，然而一個小國是供不起他這尊大菩薩的。

麻煩的是他也不是會想要坐上王位的那種個性。

簡單來說，他希望居於能夠在暗地裡操控國家的位置上，沒興趣擔任宰相之類的重要職務，更沒打算插手管那些麻煩事。不如說就連公爵的地位他都有可能覺得礙事了。

「茨維特也是，要是他再可靠一點，我就會早早把公爵的位子讓給他了，但他還不夠成熟啊。我雖然想過要用衝擊療法來鍛鍊他，不過我也實在不想害自己的孩子出現人格障礙。人的成長這件事畢竟無法隨心所欲地掌控，我也只能暫時繼續居於這個要職了……」

『『『『公爵的兒子，快逃啊～～～～～～～！』』』』

別說有可能了，他根本就認真的思考過這件事。

貴族們無法想像會導致人格障礙的衝擊療法到底是怎樣的事情，真的很恐怖。

「不、不是，公爵……茨維特少爺很優秀喔？沒必要這麼急吧……」

「公爵這個位子有各種工作要忙，光是要安排可以自由行動的時間就得費上一番工夫啊。這種地位我只想早早推給繼承人啊。你們不這樣想嗎？」

『『『『『他居然說「這種地位」……這件事就算問我們，我們也沒辦法回答吧，是要我們怎麼辦啊！』』』』』

面對這個可以輕鬆完成領主的工作，同時還兼任商會會長的男人，貴族們不知道自己該怎麼回答才好。明明過著如此忙碌的生活，現在仍不斷留下各種傳聞，這才令人感到不可思議。

他是在百忙之中抽空的情況下創造出那些傳聞的。要是他把爵位讓給茨維特成了自由之身，沒人能想像得出他會做出怎樣的事。

「好了，話題扯遠了。這把槍──正式名稱是『魔導槍』就是了，這種武器蘊含著徹底改變戰爭樣貌的可能性。而要正確運用這種武器，必須要創設實驗部隊才行，所以想借用各位的力量。在往後的時代，劍將會逐漸成為無用之物吧。」

「你這話是指劍術未來將會變得毫無意義嗎！這樣啊，只要槍的數量夠多，就可以集中攻擊，一舉除掉所有敵人……就沒必要特地接近敵人了。」

「可是事情會這麼順利嗎？如果是為中或遠距離戰設計的武器，在敵人逼近，必須近身戰鬥時，反而不利吧？」

「不，劍術和格鬥術都還是有用吧。要是讓騎士們也學會近身戰鬥術，就能在各種情況下靈活地運用部隊。可是老夫有點擔心這樣會失去貴族的傳統和榮耀啊。就這個魔導槍手隊計畫看來，實在不像是騎士的作戰方式。合理得嚇人啊……」

寫在魔導槍手隊計畫內的戰術提案，在部隊的運用方法上相當有組織性，重點全聚焦在如何贏得戰爭上。

傑羅斯和亞特看來沒什麼好驚訝的現代戰術，在這個異世界雖然是有效率又嶄新的戰術，可是從只注重效率的內容中，完全感覺不到人性。

說是專門為了殺敵而生的戰術也不為過。

對於重視歷史、傳統、名譽、榮耀的貴族們來說，這是摧毀了他們的常識，令人畏懼的戰術提案。畢竟裡頭甚至提到一對一決鬥簡直愚蠢至極，應該在發展成這種狀況之前，率先減損敵軍的戰力。

徹底無視堂堂正正的作戰這種天真的傻話，看重的永遠都只有效率。

雖然從國防軍隊的角度來看非常可靠，可是貴族們卻覺得這簡直像是死者的軍隊，莫名地令人反感。

「雖然說要先創設實驗部隊，但在那之前來得及生產魔導槍嗎？光是找人來卻沒有武器，那可沒戲唱啊……」

「安勃爾侯爵，別擔心。已經製作出幾把樣品了。接下來只要實際使用，加以組織編制就行了。畢竟矮人們很有幹勁啊。」

『『『『喂喂喂，索利斯提亞派的魔導士和工匠們……會死吧？』』』』

與魔導槍手隊計畫無關，貴族們因為別的事情而渾身戰慄。

由於矮人的工匠精神早已脫離常軌，他們的職場根本是地獄。

尤其是他們對待實習生那種新手工匠的態度，簡直比對待奴隸還過分。

現場沒有所謂的人權，唯有製作出優質成品的念頭。

他們的生活有八成都以同時也是興趣的工作為優先，簡直就是重度的工作中毒症病患，或者說是工作狂。

順帶一提，剩下的兩成是吃飯和喝酒。

「我在宅邸改建的期間，只是後來要求他們修改，就被痛揍了一頓……」

「我叫他們把裝飾做得華麗點，結果他們拋下一句『我們拒絕這種低級的要求！』之後，隔天就罷工了。」

「你們那還算好的。老夫是想要蓋一棟新的宅邸，委託他們設計，結果被他們幽禁了超過兩個月，要老夫確認設計……被釋放出來的時候，老夫都要相信這世上有神的存在了。」

『『『『『那些傢伙真的很不正常啊……受害的魔導士們也很可憐……』』』』』

就連握有權勢的貴族們都害怕的工匠種族，那就是矮人。

對絲毫不容妥協的他們出意見根本是自尋死路，而且他們的脾氣凶暴到一旦委託他們製作沒品一點的設計或裝飾，不分男女老幼都會挨揍的程度。

想到成為這些矮人手下犧牲者的魔導士們，貴族們的眼角不知為何泛起了同情的淚光。或許是回想起刻劃在心底深處的精神創傷了吧。

無視這些貴族們的心境，這場會議繼續開了好一陣子。

他們討論了包含編組部隊的預算案、選定訓練地點、挑出可信賴的指揮官候補人選、因應特殊武器重新審視過去的訓練方式在內等各項事宜。

在兩小時之後——

「好了，雖然關於預算跟部隊據點還有許多需要確定的事項，不過先休息一下吧。剩下的事項等一個小時過後，再到這個地方集合討論。」

「說、說得也是。我也很擔心兒子有沒有認識到其他女性。」

「我也很在意女兒是不是攻陷她中意的男性了。要是能遇到個好對象就好了。」

「我們家的兒子只對同性感興趣，讓我很頭痛啊。沒有辦法能解決這問題嗎？」

「哎呀，你家也是啊？我女兒好像也只對女性感興趣……」

「你們那都還算好的……老夫的孫子可是有女裝癖喔？他已經獨自在其他國家襲擊了好幾個男人，一度被關進牢裡，有了前科……還絲毫不知反省，哀怨著說『沒能吃到青澀的果實』。」

晚宴是貴族們交流的場合。

當然也是讓各家的繼承人結識其他家小姐的聯誼場合，但他們還不知道，這時候的晚宴已經失去聯誼的功能了。

因為有某兩位老人展開了熾熱的戰鬥。

什麼都不知道的貴族們向德魯薩西斯點頭致意後離開了房間，留到最後的他也起身離席。

德魯薩西斯帶著隨從走出房門外時，看到了某個他很眼熟，宛若少年的青年身影。

那是逃離茨維特身邊，正打算開溜的索奇斯。

「索奇斯，你要去哪裡？你這個時間應該在參加舞會吧？」

「德、德魯薩西斯公爵……啊哈哈，舞會啊，我想那應該中止了吧～」

「哦？你這話是什麼意思？」

「呃～……克雷斯頓前公爵和滿身肌肉的健壯老爺爺認真打起來了啊，根本就不是跳舞的時候。我想那個大廳現在應該在別種意義上進入了白熱化階段喔？」

「……那個老頭又開始了啊。」

德魯薩西斯在召開會議前，有在用來當作本次晚宴會場的大廳裡看到老翁薩加斯。

他雖然有料想到如果父親遇到薩加斯，兩人一定會大打出手，但沒想到事情會進展得這麼快。畢竟這好歹也是公爵家主辦的活動。

他以為克雷斯頓在公開場合會更公私分明，然而兩位好敵手的相遇似乎超出了德魯薩西斯的預料。

這樣一來沒什麼機會認識對象的貴族子女們就無法順利聯誼了。

「雖說已經隱居，但竟是自家人破壞了以我們家的名義舉辦的晚宴啊。我事後會再用物理的方式懲戒父親大人，不過……」

「咦？為什麼要看我？」

德魯薩西斯的視線射穿了索奇斯。

索奇斯反射性的往後退，可是從他遇到德魯薩西斯的那一刻起，就已經太遲了。

「索奇斯……你父親大人可是哭著拜託我，要我幫你和哪家的大小姐牽線，結個良緣喔？」

「哎呀～可是現場鬧成那樣，根本結不了緣吧。而且身為朋友，我也不想妨礙茨維特啊。」

「嗯，那個茨維特有這樣的對象啊？這還真是有趣。」

「對啊對啊，說是艾維爾子爵家的人。茨維特明明是根大木頭，還真是不可小覷耶～」

「那女孩啊……嗯，這倒是不錯。所以呢？這跟你離開會場有什麼關聯性？你應該也是必須要去找對象的人，可以解釋一下你出現在這裡的原因嗎？」

「唔！」

索奇斯算是代表利比安托公爵家前來參加晚宴的，不過派他來參加的理由當然是要他尋找可以訂婚的對象。

他也是公爵家的繼承人。以所處的立場而言，他也和茨維特一樣，必須娶妻才行。

「我事前就知道你代表利比安托公爵家前來只是表面上的名義，實際上是為了找適合結婚的女性才前來我的領地，現在你卻打算放棄身為貴族的責任與義務嗎？而且還是在我主辦的晚宴上……」

「呃～在那種狀況下實在沒辦法啊。大家甚至開起了賭盤，場面完全失控了耶～？」

「儘管如此，那也不構成你離開會場的理由。我想你八成是用話術誆騙茨維特，從現場開溜了吧？因為那傢伙還不擅長看穿別人的表面工夫。」

「唔……」

現場的氣氛容不得索奇斯開口反駁。

他是很驚訝茨維特有在意的女性，不過這樣正好方便他離開這個麻煩的場合，所以他把這當成是個好機會，說了些蠢話，成功地逃離了晚宴會場。

可是他沒想到會在開溜的途中遇到棘手的德魯薩西斯公爵。

不，既然身在索利斯提亞公爵家的宅邸裡，這完全是可預期的情況。

就算想逃，他現在也像隻被蛇盯上的青蛙。

就因為他覺得結婚超級麻煩才想開溜，結果突然撞上了德魯薩西斯這座高牆，而要越過這道牆實在

太有勇無謀了。

他逃不掉了。

「我接下來也要到會場去，既然這樣，我就幫你介紹我認識的貴族家小姐吧。我也事先得到了你父親的同意，他說『要是我兒子打算逃跑，你硬逼他和哪個條件合適的對象訂婚也無妨』。」

「父親大人……他為什麼會這麼希望我結婚啊？」

「這是當然的吧？沒什麼，只要你早點生個孫子下來就沒事了。我記得葛倫邊境伯家有個和你年紀相仿的女兒。」

「等等，那女孩雖然個性不錯，可是體型不是重量級的嗎！」

「既然她胖，你身為男人，試著讓她瘦下來如何？能不能辦到這件事也等於是在考驗男人的器量。我認為她對於總是在逃避的你來說是個不錯的對象喔？」

「我不要啦，我對外表好歹也是有一點堅持的喔！」

「她的母親可是相當美麗的女性喔？要是瘦下來，她恐怕也會是不輸母親的美女吧。都是葛倫伯爵太寵女兒了，你只要巧妙地引導她，她說不定就會開始減肥了。全都看你個人的造化啊。」

索奇斯渾身顫抖著。

這樣下去他很有可能會被逼著訂婚，要是想逃跑，甚至有可能會直接被逼著結婚。畢竟索奇斯的父親雖然幾乎已經放棄要他結婚了，可是家裡不管怎樣都需要繼承人，所以難保他不會採取一些不合理的手段。

為了延續家族血脈，索奇斯的個人意願根本就比垃圾更沒有價值。

「那個……我順便問一下，對象能不能換成德魯薩西斯公爵您的女兒啊～……我開玩笑的啦，咿！」

索奇斯提了德魯薩西斯公爵唯一的女兒，瑟雷絲緹娜作為自己的婚約對象候選人。

然而在聽到這句話的瞬間，從德魯薩西斯公爵身上散發出了非常不得了的殺氣。

「話最好仔細思考過之後再說出口。我沒打算要讓瑟雷絲緹娜當貴族。我希望那孩子能過著自由的人生。要是你說了什麼多餘的話，我會讓你連同整個家族一起消失在這世界上，儘管如此你還是想要娶瑟雷絲緹娜嗎？看來你做好覺悟了嘛。」

「沒、沒有……對不起。請您忘了我剛剛所說的話，拜託您了……」

「好。只有這一次我就放過你，不過下次再說同樣的話，你應該知道會有什麼下場了吧？」

「是！我絕對不會再說第二次了！」

「很好。那麼我們一起到會場去吧。既然都受你父親請託了，我會去試著拜託其他家的人，請他們介紹幾位小姐給你認識。當然前提是你不會再說那種蠢話。」

「拜託您了。」

索奇斯的敗因。

那就是德魯薩西斯是個比他想像中更溺愛女兒的傻爸爸。

沐浴在強烈殺氣下的索奇斯，有如接下來將會變成食用肉的牛，被帶到了作為晚宴會場的大廳裡。

幾週後，索奇斯和體型肉肉的貴族家小姐訂婚了。

他超後悔自己惹怒了不該惹的人……

◇◇◇◇◇◇◇

就結論而言，薩加斯和克雷斯頓的打鬥並未分出勝負。

薩加斯一把年紀了卻還靠著輕快的腳法和巧妙的招式來應付對手克雷斯頓，他以壓倒性的強韌肉體與防禦力接下攻擊，採用一擊必殺的戰術。

雙方都欠缺決定性的一擊，只能一直互相攻擊，任時間不斷流逝。

要是德魯薩西斯沒有大喝一聲制止他們，他們應該會不斷地反覆上演同樣的攻防戰吧。

不過德魯薩西斯也是在經過了好一段時間之後才介入仲裁的，在那段時間內，已經有眾多的貴族因為兩人英勇對決的樣子而情緒激昂。

聯誼會場化為了綜合格鬥技的比賽會場，已經來不及挽回了。

而現在薩加斯和克雷斯頓正姿勢端正地跪坐在地，接受德魯薩西斯公爵的斥責。

「……………老師為什麼會做出那種蠢事呢？我實在不懂男人在想什麼。」

「不，我也不懂啊。單純是那兩個人比較特別吧？」

看著乖乖跪坐著聽德魯薩西斯說教的兩位老人家，克莉絲汀和茨維特巴不得想找個地洞鑽進去。

在這個好歹也聚集了眾多貴族的場合，祖父和敬重的師長居然大打出手。

就算這場晚宴名義上是說無須顧慮禮節，但參加者既然是貴族，當然都有一定的分寸。然而這兩人卻真的無禮的大鬧了會場。

而且還是身為晚宴主辦方的公爵家的人，以及事實上是平民的魔導士，如此極端的兩個人。接受這件事，甚至還開起賭盤的其他貴族們也是不太正常。

「我最近有時候會覺得，這個國家的貴族常識是不是和其他國家的不太一樣。」

「不管是哪裡的貴族，一般來說都不會在這種場合上動手吧……遑論是打到炒熱氣氛了，這根本超過了無須顧慮禮節的程度啊。」

「這樣一來，他們曾在陛下面前勇猛互毆的傳聞，可信度好像變得更高了呢。」

「那是怎麼一回事！我可是初次聽說喔！」

在索利斯提亞魔法王國的貴族之間，有許多「不是，一般來說根本不可能會發生這種事吧？這是怎樣？」的奇特傳聞。這也是總會有人說「魔導士家系的貴族都有哪裡不太對勁」的原因。

茨維特認為傳聞當中多少有些是事實，但也並未全都信以為真。只是因為身邊就有這種缺乏常識的人存在，所以才接受了那些傳聞。

一開始只針對父親和弟弟，最近則意識到祖父也是他們的同類。

應該說現實讓他意識到了這件事。

「我要以當個認真的貴族為目標。我絕對不要變成那個樣子。」

「別這麼說，我不認為所有貴族都是那種缺乏常識的人啊。」

「不，魔導士家系的貴族……特別是公爵家的人之中缺乏常識的傢伙特別多。像是我老爸、我爺爺，還有我弟弟也是。索奇斯也一樣。為什麼會誕生出這些特別會惹麻煩的人啊……」

「有、有這麼嚴重嗎？」

「……呵，我甚至覺得在家族當中，只有我一個人顯得非常格格不入。妹妹……也說不上有多正經。」

最近茨維特看待家人的眼神非常的冷漠。

不知道在私底下幹了些什麼事的父親，還有超級溺愛孫女的祖父。

嘴上說是實驗卻引發了騷動的弟弟，本以為比較正經一點，結果一腳踏入腐女之路，成了暢銷作家的妹妹。

說好聽點是有特色，但除了茨維特以外，所有人都具有強烈到能夠徹底摧毀常識的衝擊性。在這群人之中，只有茨維特的個性非常認真。

沒有什麼算是特徵的個人特色，也沒有特殊的興趣或癖好，一點都不有趣。

真要說起來的話就是負責吐槽的角色吧。

「雖說個人特色也是一種魅力，但我不需要那麼強烈的個人特色……人類這種生物，就算無趣也無所謂吧。」

「茨維特少爺，你的背影看起來有些受傷喔？其實你有點嚮往那種強烈的個人特色吧……」

「這我不否認。」

強烈的個人特色從旁觀的角度來看，有時也會顯得別具魅力，認真死板的個性反而只會讓人感到無趣。

比方說父親德魯薩西斯，他能夠有效率地完成大量的工作，利用空出來的時間自由行動。雖然不知道他去做了些什麼，但這也讓他有著一股神祕的魅力。

人光是擁有某些特別突出的地方，就會讓人覺得很有魅力了。對此感到憧憬或羨慕，也沒有什麼不對吧。

茨維特似乎也對此有所自覺，所以才乾脆地承認了克莉絲汀的提問。

「嗯，我覺得自己也多少能理解茨維特少爺的心情。因為我也沒有什麼值得一提的特色。明明母親和姊姊們都很出眾，卻只有我非常不起眼……」

「是嗎？我覺得妳很有魅力啊。畢竟以當上騎士為目標的女性不多，拚命地在自己堅信的道路上前進的樣子，不也算是一種魅力嗎？」

「這、這種事情……我只是因為崇拜的父親過世，希望能多少追上他的背影而已，就算你說這是我的特色，我也拿不出自信來。」

「大家一開始都是這樣的吧，我也差不多啊。」

就像克莉絲汀是崇拜著身為騎士的父親，茨維特也是崇拜著身為魔導士的祖父，從小就懷抱著這份憧憬一路鑽研學問至今，才會有現在的他。

只是加上了性別和出生的家庭等等要素，使得周遭的人對他們有著各種不同的看法。克莉絲汀的情況是受人嘲弄，茨維特則是要面對那些企圖利用公爵家地位的人的欲望及野心。

愈是努力就愈會被人說「不過就是個女人還這樣」的克莉絲汀，和不管怎樣都只會被旁人視為是公爵家繼承人的茨維特。

他們的心中都多少藏有對強烈個人特色的嚮往以及對自己的自卑情結。

說穿了，這兩個人其實很相似。

「女騎士很不錯啊。妳在挑戰其他人不會去做的事情吧？我覺得這樣感覺就很有魅力了，不需要自卑。」

「茨維特少爺也是，你沒有逃避生在公爵家的沉重壓力，為了配得上這個地位而努力著不是嗎？你說自己沒有魅力，根本是在說謊。」

「是這樣嗎？公爵家的職責說穿了不過是義務，我是覺得沒有什麼好被誇獎的。」

「公爵家可是僅次於王家，立於萬人之上的位置喔？我認為你沒有逃避，承擔了這個職責，很厲害耶。」

茨維特雖然擔下了公爵家理應肩負的職責，可是他只是認為這是自己身為長男無法逃避的現實。他不是逃不掉，是受困於覺得自己不可以逃避的強迫觀念裡。

以前他也曾對瑟雷絲緹娜說過「我唯有肩負起公爵家這一條路可走」，那也是因為他心中存有這種觀念。

之中可能也混著放棄掙扎的念頭吧。

然而克莉絲汀卻說這麼不像樣的自己「很厲害」，讓他心中湧上了一股「我沒有做錯任何事」的想法。

『哈哈……有人說過男人很單純，看來這句話沒說錯啊。聽女人一說，就產生那種感覺了。真的是有夠單純的。』

茨維特有些自嘲地在心裡笑了。

克莉絲汀則是用認真的眼神看著他。

那真摯的眼神讓茨維特有些害羞，同時也泛起一陣喜悅之情。

「是說克莉絲汀，妳的口氣又變回平常那樣了喔？」

「咦？那個……非常抱歉！我真是的，做了多麼失禮的事啊！」

「別在意，我的肚量也沒小到不能接受這種事情。不如說我反而覺得妳這樣很可愛。」

「咦？」

「「……………」」

下一瞬間，兩人的臉都紅透了。

雙方分別意識到自己說了什麼，還有對方說了自己什麼，害羞的僵住了。

而有三個人正在意外近的地方看著這兩人寫下青春的一頁。

「嗯，以茨維特來說是做的不錯了，但還是太青澀了……」

「真是青春吶，讓老夫想起了自己年輕的時候。雖然光是在一旁看都覺得坐不住啊……」

「哼，老夫還以為他是個多少有點骨氣的年輕人，沉迷於女色可是無法變強的。只有捨棄一切鍛鍊，才能成為真正的強者。唉，克莉絲汀若是就這樣終身未婚也是個問題就是了……」

德魯薩西斯帶著沉穩的笑容守護著兩個年輕人，克雷斯頓高興著孫子的春天終於到來，薩加斯則是多少有些關心學生的未來。

他們沒打算要妨礙那兩人，不過照一般的眼光來看，他們這行為就叫做偷窺。

「你就是這個樣子，老婆才會逃掉的吧。在那邊大言不慚地說什麼一輩子單身，是當老夫都不知道這些事嗎？」

「你、你這傢伙……你全都知道嗎！」

「只是碰巧得知的。聽說你逼老婆跟你一起做強化肌肉的訓練吧？你那個突破天際的肌肉理論，連老夫都敬謝不敏啊。」

「唔唔，老夫沒有錯……錯的是無法理解老夫理想的這個社會！魔導士需要的是可以對應各種局面的肉體。沒錯，就是肌肉！」

「薩加斯閣下，我認為你那是一種變形的恐怖主義，不過就現在的狀況看來，這番話聽起來只像是牽強的藉口。你這時候還是保持沉默比較好。」

茨維特和克莉絲汀陷入了兩人世界，所以沒注意到，不過理所當然的，除了德魯薩西斯他們之外，也有其他人目擊到了這一幕。

儘管其中包含了看上克莉絲汀的貴族家少爺，或是野心勃勃地想爭奪下任公爵夫人位置的貴族大小姐投來的嫉妒目光，不過這些事都和他們無關，兩人之間洋溢著青澀笨蛋情侶的青春氣息。

客觀來說就只是普通的現充罷了。

無視他人的目光，現場颳起了喜悅又害羞的戀愛風暴。

第二話　茨維特和克莉絲汀仍未意識到這是戀情

索利斯提亞公爵家主辦的……很難說是晚宴的活動，平安（？）落幕，前來參加的貴族們留宿在公爵家，而鄰近的貴族則是在當天踏上歸途，回到自己的領地。

愈是從遠處前來的貴族愈是會多待上幾天，此外也有因為其他原因而留下的貴族。

參加了德魯薩西斯公爵召開的祕密會議的貴族就屬於這一類，他們是為了花時間整理好魔導槍手隊計畫才留下的。

那麼，除此之外的貴族又是如何呢？

比方說子爵家的大小姐，克莉絲汀．德．艾維爾。

「那麼在回領地之前，我也得先辦好事情才行。」

克莉絲汀一邊收拾東西，一邊喃喃自語。

放在床上的大包包裡頭裝著她剛剛才收好的換洗衣物，旁邊只留下了一個手掌大小的小包裹。

克莉絲汀前來參加晚宴的理由，表面上是代替母親出席，實際上是因為她有事要來桑特魯城一趟。

正確來說是她有事要找這城裡技術高超的鐵匠。

「……山銅。要是這裡有鐵匠知道怎麼運用這個就好了。」

「山銅」。那是一種單獨來看只有非常柔軟這個特徵，類似黏土的礦物。不過這種礦物具有獨特的性質。

山銅和其他金屬混合後，會改變金屬的硬度及魔力傳導率，變得能夠做出更強的武器，堪稱夢幻媒材。如果用來鑄劍，那把劍將能輕易地斬斷鐵塊。雖然是這種傳說級的礦物，可是想用山銅鑄劍，無論如何都需要技術高超的鐵匠。

使用這把劍的人當然也要有一定的技術。

先不提使用者的技術，對騎士家系的貴族來說，擁有能當成傳家之寶的劍是一種身分地位的象徵。尤其是國王御賜的劍，只要不是犯了會被抄家的重罪，可以說到國家滅亡為止，一家都能永保安泰。

艾維爾子爵家沒有這樣的武器。

克莉絲汀偶然在阿哈恩礦山得到了山銅，可是艾維爾子爵領內卻沒有會運用這類礦物的鐵匠。

當初她雖然很堅持要鍛造一把山銅製的劍給自己來用，卻找不到合適的鐵匠，只好認命的先做了祕銀製的劍，暫時放著山銅不管。

可是山銅製的劍依然有著讓人難以割捨的魅力，收到晚宴邀請函讓她又燃起了這個念頭，來到了有許多鐵匠的桑特魯城，希望能鍛造一把能當作傳家之寶的劍。

畢竟桑特魯城的鐵匠技術揚名國際，就連梅提斯聖法神國都有聖騎士為了找鐵匠鑄劍而前來此處。

要說有什麼問題，那就是——

「……如果找到的鐵匠是矮人該怎麼辦啊？」

——沒錯，那就是鐵匠是矮人的情況。

具有工匠精神的矮人絕不妥協。要是拿到稀有的礦物，肯定會喜孜孜地用駭人的氣勢開始鑄劍吧。

而且還是徹底無視客人的要求和原本在進行的工作。

要是妨礙他們，就算是委託人，他們也會揮出鐵拳，一心一意地埋首於工作吧。克莉絲汀很怕會發生這種事。

大家都知道，如果對方是會哼著歌做出不合理行為的矮人工匠，絕對不會有什麼好下場。他們的種族特性就是如此的廣為人知。

「不行不行，我不能害怕！要是有能當成傳家之寶的劍，我們家也能鍍一層金吧，若能做出品質最棒的東西獻給王室，我們家往後的存續就……」

她想找人鍛造山銅製的劍有兩個原因。

一是她渴望能和逝世的父親一樣，靠自己得到最棒的劍。

再來就是為了讓比較不起眼的艾維爾子爵家鍍一層金，想要能當成傳家之寶的劍。

山銅是傳說級的礦物，如果有這樣的劍，一定能夠得到眾多貴族的敬重，說不定會有更多貴族家的子弟希望能入贅到他們家。

特別是貴族家的次男或三男，地位跟一般平民相去不遠，傳說級的劍能為入贅進來的他們帶來莫大的名聲。簡單來說就是用來釣人上鉤的誘餌。

不過在這之中完全沒有考慮到人性，正是克莉絲汀的天真之處。

只要是貴族，不管是哪家都會做收養或是送養兒女這件事，可是這時候克莉絲汀卻不知為何想起了茨維特的臉，話說到一半就哽住了。

『為、為什麼……我會想起茨維特少爺的臉啊～！』

克莉絲汀雖然願意為了家族進行策略婚姻，卻沒想到自己墜入了愛河。

而且傷腦筋的是，她是在除了母親之外，周遭全是男人的環境下成長的，完全沒意識到自己的感情變化。應該說她根本無法察覺。

她長成了一個單純認真的遲鈍少女。已經改不過來了。

「……冷靜點，深呼吸……吸～～吐～～～好，重新打起精神，去工匠街上吧。不知道老師他起來了沒？」

克莉絲汀拿起行李走出宅邸的客房。

這時候發生了一定會出現的老套事件。

「呀啊！」

「唔哇！」

她一走出房間就撞上了茨維特。

「好痛……啊，是克莉絲汀啊。妳沒事吧？」

「茨、茨維特少爺！是，我沒事！」

「妳為什麼一直左顧右盼啊？唉，是不重要啦……妳沒受傷吧？」

「我沒受傷。只是屁股有點痛而已……」

「站得起來嗎？來。」

「呼啊？」

看到茨維特若無其事地伸出的手，克莉絲汀按耐不住心中的悸動。

茨維特倒是完全不知道她的心境變化，拉著克莉絲汀的手，幫助她站起來。

『我、我是怎麼了啊～～～！』克莉絲汀的內心裡一陣慌亂。

「我走路的時候是不該看其他地方，不過克莉絲汀妳也要小心點啊。是說妳為什麼要那樣用力的奪門而出？」

「咦？我有那麼用力嗎？我以為我只是普通的打開門走出來……」

「妳沒注意到嗎？妳是衝出來的耶……」

「對、對不起！我完全沒發現。」

克莉絲汀沒意識到自己的初戀，在房裡回想起茨維特的臉後，便不自覺地加快腳步跑出了房門。

這行為當中包含了她想掩飾害羞，覺得不好意思，還有難以言喻的內心動搖，不過她的意識卻企圖忽視這些事情，告訴自己她和平常沒兩樣。所以才會做出平常不會做的蠢事。

而且還是在茨維特的眼前。

她因為丟臉和不知所措而說不出話來。

茨維特根本不曉得她的這番心境，注意到掉在地上的包裹並撿了起來。

握住包裹的瞬間，他感覺到這是個莫名柔軟的東西。

「這是什麼啊？好軟喔……是黏土嗎？」

「啊，那個是……是山、山銅……」

「啥？妳說這、這是山銅？」

茨維特也從傑羅斯口中聽說過山銅，知道這種礦物基於本身的特殊性質，是鐵匠和魔導士求之不得的東西，但至今為止從未親手碰過實品。

山銅幾乎是傳說中的礦物，依據文獻記載，是和魔力擁有極高親和性的稀有礦物。是魔導士就算四處借錢也想弄到手的夢幻逸品。

要是拿去製作魔導具可以做出非常強力的成品，可是幾乎沒人實際碰過山銅。

茨維特發出了像是慘叫的驚呼聲。

「妳、妳為什麼會有這種東西！這個真的是山銅嗎？」

「我以前曾經去阿哈恩的廢棄礦坑採礦，但是出了意外，掉到了最底層，這塊山銅就是那時候發現的。當時救了我的那位人士採了一大堆就是了……」

聽了她的敘述，讓茨維特的腦海中浮現了某個超乎常理的魔導士身影。

「最底層……我確認一下，那個救了妳的人……是不是一個披著可疑灰色長袍，很不尋常的魔導士？會使用威力非同小可的魔法……」

「你認識傑羅斯先生嗎！我一直很想為那時候的事情向他道謝，可是不知道他住在哪裡。」

「果然是他啊！我就覺得應該只有他能夠做出發現山銅這種玩意兒的誇張行徑……不，現在還又多了一個懷疑的對象。」

傑羅斯和亞特，如果是他們這兩個超乎常規的魔導士，應該可以輕鬆地找到山銅吧。

茨維特在腦海中清楚地想像出放聲大笑地說著：「哇哈哈哈哈，超多的啦～～～～！」一邊揮舞著十字鎬，穿著灰色長袍的大叔身影。

他認為「師傅做出什麼事都不意外」，而他的認知基本上是對的。

「茨維特少爺，請你讓我和傑羅斯先生碰面！我無論如何都想向他道謝。」

「師傅啊～……我是不介意啦，可是妳最好先做好心理準備喔？」

「咦？心理準備？什麼的心理準備？」

「我聽說師傅的家好像有很多不合理之處……不知道會發生什麼事。」

「咦？咦～～～～～～？」

「如果是師傅，要他加工山銅也是小事一樁吧。我不知道妳想拿這塊山銅做什麼，不過可以試著拜託師傅看看吧？」

「你口中的師傅是指傑羅斯先生嗎？沒、沒想到兩位有交集呢。我也很希望能委託他加工。」

「那我們趕快出發吧。我也正打算要去找師傅。」

克莉絲汀就這樣為了卻向傑羅斯道謝的這樁心事，決定在茨維特的帶路下，前往傑羅斯家。

兩人先去找了負責護衛克莉絲汀的薩加斯，他卻不在房裡。兩人放棄後走下階梯，打算離開宅邸時，在玄關前——

「老夫還想說一大早就看到了個煩人的傢伙，原來是薩加斯啊。想辦法處理一下你那練過頭的肌肉好嗎？清爽的心情都被你破壞了。」

「哼，真感謝你這樣問候結束晨訓回來的老夫啊，克雷斯頓。老夫和整天坐在椅子上的你不一樣，靠著鍛鍊維持著年輕的肉體啊。在清爽的早晨爽快地流汗，才是常保健康的不二法門。」

「那身多餘的汗臭就是你找不到對象再婚的原因吧。你總是這樣一身臭汗嗎？」

「老夫接下來正打算去洗澡。不用你說，老夫也懂得基本的禮貌！」

「哦，你也有成長嘛。以前明明在訓練完之後就那樣放著不管的……太太跑掉過一次果然還是有影響啊～塞翁失馬，焉知非福吶。」

「你是一早就想找老夫打架嗎？」

「有趣，在吃早餐前稍微運動一下吧。老夫要和你分出昨晚的勝負。」

「放馬過來！」

兩人的第二回合就此開始。

位於宅邸正面的大廳，成了兩位老魔導士的決勝地點。

兩位老翁和昨晚一樣愉快地以拳交心。

以親友之間的交流來說，現場響起了感覺不太妙的拳腳交會聲。

『……老、老師。』

『……爺爺到底是在幹嘛啊。』

並不是基於互相憎恨，而是加深彼此友情的儀式。

和朋友之間的對話不需要任何話語。

然而身為他們的親屬和學生實在很丟臉。

在這場騷動擴大之前，茨維特和克莉絲汀悄悄地離開了宅邸。

◇　◇　◇　◇　◇　◇　◇

所謂的鍛造，是火和鐵的對話。

找出合適的火力，看準加熱後的鐵塊狀態，看準時機，確實地敲下鐵鎚。火花四濺，響起尖銳的金屬撞擊聲，利用聲音判斷鍛造中的鐵塊狀態，浸入澄澈的植物油中，再放入火中加熱，反覆鍛造。

不時要丟些稻草進去增加碳素，折疊後再敲打延伸，才會化為堅固又具有韌性的鐵塊。這工序說起來簡單，做起來可要花上不少時日。

「……還不夠吶。」

傑羅斯喃喃自語，望著手上釋放出有如烈火般高溫的金屬嘆了一口氣。

他敲打金屬的速度雖然遠比一般人來得更快，可是單純只是有那個樣子的東西，跟他自己認可的成品之間有著明確的落差。他到現在還抓不到製作出最棒成品該有的手感。

「……傑羅斯先生。這裡為什麼會有鍛造場啊？」

「我自己做來打發時間用的。雖然做得很隨便啦。」

他一邊用風箱調節火力，一邊把用鉗子挾著的鐵塊再丟入火中。

響起了節奏明快的金屬敲擊聲。

「是說庫洛伊薩斯，你來這裡有什麼事？」

「因為做出了武器的樣品。我很想請教一下傑羅斯先生的意見，但你看起來很忙。我下次會事先約好再過來的。」

「我是沒在忙啦。等我一下，嘿咻！」

他把鐵塊放進裝著水的水盆裡冷卻後立刻拿起來，隨意放在鐵砧上。

拿水桶裡事先汲來的水洗了臉和手，用掛著的毛巾擦乾後，傑羅斯面向庫洛伊薩斯。

「所以說，你說的武器樣品是那個嗎？總覺得很長……這難道是！」

「是魔法式金屬射擊器……『魔導槍』。真虧你未經確認就能看得出來呢。」

「因為我在前往阿爾特姆皇國的途中有遭受過這種武器的攻擊啊。我也把帶回來的火繩槍交給德魯薩西斯公爵了，所以我想這也是遲早的事……不過比我預料中的還快啊～」

「矮人工匠們很努力喔。」

「矮人……」

在傑羅斯的腦海中——

『趕快把零件做出來！骨架早就完成了。』

『辦不到，讓我稍微休息一下吧！』

『你說休息～？那我就讓你永遠去休息吧，現在馬上就讓你輕鬆點～』

『別說這種強人所難的話，我們可是在刻這種精細的術式耶！』

『工匠就是要想辦法克服這種問題吧？少在那邊說廢話了，手給我動起來！』

『我們是魔導士！不是工匠！』

『既然人在這裡，那你們就全都是工匠。我才不聽你們那些沒用的喪氣話，不好好工作就只有死路一條！』

『咿咿咿咿咿咿咿咿咿咿咿咿！』

——彷彿聽到了這些工匠和魔導士的對話。

這是因為傑羅斯自己比任何人都清楚，事情一旦和矮人扯上關係，現場就會化為悽慘的地獄吧。

「那些魔導士們……應該很慘吧。」

「我是做得很開心啦。因為我完成必要的術式之後就閒下來了，所以在樣品完成之前我整天都忙著做研究。幸好現場有不少有趣的研究資料。」

「你意外的和那些工作狂很合得來耶。真同情其他的犧牲者……」

正因為經歷過矮人的不合理對待，傑羅斯很同情那些成了犧牲者的魔導士。

他的眼眶裡不知為何泛起了淚光。

和矮人扯上關係，就只有兩條路可走。

不是成為他們的同類，化為工作狂，就是因為過勞而倒下。

最慘的情況下肯定會被逼到精神衰弱，讓人想要一死了之。

就連傑羅斯都想大喊「趕快制定勞基法吧！」

「受害者的事情先放一邊，總之先讓我看看吧。我也有點興趣。」

「那麼事不宜遲，我就打開這個包裹了。」

「好好好。」

庫洛伊薩斯打開包裹，把裡面包著的魔導槍遞給傑羅斯。

他接過來的魔導槍形狀很接近火繩槍，不過是用拉動槍機的方式來裝填下一發子彈的手動槍機構造。

「這個能試射嗎？」

「這是子彈。我是覺得可以再做得大一點，不過矮人對形狀很堅持，駁回了我的提案。明明提高裝彈數效率會更好啊，為什麼要做這種不合理的設計。」

接過金屬製的彈匣後，傑羅斯將彈匣裝入板機前方的洞裡，拉動槍機。

「需要手動裝彈，沒有連射的構造。問題出在威力上，不過普通的開槍試射實在不好吧。」

「要是有流彈打到民宅就糟了。我也不希望試射鬧出人命，就普通的對空射擊吧。」

「就算想確認性能，這樣也看不出個所以然啊～」

儘管嘴上這樣說，他還是拿起魔導槍，朝空中開了一槍。

接著用右手接住了過了一小段時間後掉下來的子彈。

以手感來說應該具有足夠的殺傷力了。

「這個射擊之後槍身會反射性的往上揚吧？我是覺得用肩膀抵著槍再射擊的話可以提高命中率，要射出下一發的子彈的時候也會比較穩定喔？」

「的確，每次射擊槍身都會上揚也是個問題。雖然曾經提過從握把處加裝固定用具，再用肩膀抵著槍射擊的方案，可是矮人們不肯接受啊。」

「啊啊～……因為那些傢伙有一些奇怪的堅持嘛。他們搞不好是帶著玩心，比起機能性，更重視外觀啊～」

矮人們刻意沿用火繩槍外型的原因。那當然是出於工匠的玩心。他們捨棄了方便的槍托，選擇了具有復古感的外型。

換成傑羅斯的話，比起欠缺穩定性的火繩槍外型，他一定會選類似現代重型武器那種簡潔精巧的造型。可是矮人們和他完全相反。

不知道是單純製作方便好用的武器不合他們的個性，還是堅持藝術觀點所造就的結果，但他們刻意選用了不好運用的設計。

這簡直像是畫家把宮廷的內幕當成訊息畫入了畫裡，可能是矮人們在作品裡加入了工匠的主觀想法吧。

然而他們也不知道槍上到底帶有怎樣的訊息，就算是工匠在裡頭加入了自己的主觀想法，一般人也無從推測。

魔導槍不管怎麼想，都只是為了打倒敵人而生的殺人兵器。

「在最初設計的階段，應該更重視合理性的造型才對。畢竟我直接了沿用從遺跡挖掘出來的魔導槍的外型。」

「既然矮人選了這個外型，我們說什麼都沒用啊。他們就連製作武器都要追求藝術性。要是多嘴會被揍的……」

「我也不懂他們在想什麼。是因為我是不懂藝術的俗人嗎？」

「天曉得～？這很難說呢……」

在日本確實也認為火繩槍有作為藝術品的價值，將火繩槍放在博物館裡展示。

儘管是使用在戰爭中的武器，卻加上了裝飾，可以窺見當時的武器工匠們藏在技術之中的玩心。這也是因為武器跟人的關係十分密切吧。

在西方，也有加上了華麗裝飾的鳥銃被陳列在博物館裡，從這點來看，技術和藝術或許是一體兩面，不可分割的事物。

『矮人或許是以造型美觀為優先吧。』

現在的魔導槍是單發式的，從注入魔力到擊出子彈之間有些許的時間差。

在平原上的戰鬥或許不能過度仰賴這種魔導槍，可是在防守城砦或要塞之類的防衛戰上應該能發揮出不錯的效果。

照現況來看，傑羅斯推測機關槍這種高性能的槍械誕生於世也只是遲早的問題。

「時代要改變了啊……既然已經做出了樣品，不趕快訂定槍械管理法案就糟了吧。這東西有必要作為軍用設備嚴加管理喔。」

「哥哥也跟我說了類似的話。這東西在社會上流傳開來真的有那麼危險嗎？我覺得魔導槍對討伐魔物也很有幫助啊。」

「茨維特也理解到了吧，問題就在於人人都能輕易的使用這個東西。舉例來說，要是把槍做得更小，被人拿來犯罪該怎麼辦？以目前的狀況是很難查出犯人是誰的喔。」

「只要加上需事先考取使用資格的限制就能夠管理了吧？」

「謊稱槍被偷走了，私下外流出去，拆解研究後製造零件，進行量產……就算是犯罪組織，花個兩年也就能做出仿製品了。扯上槍械啊，訂下就算因為管理疏失而弄丟也要處以極刑這種程度的法規差不多剛剛好啦。」

「這樣未免太嚴格了吧？唉，總之我會轉告父親的。」

「槍這種武器就是有這麼危險啊。你可要好好轉告他喔？因為拜託你傳話，你好像也會被別的事情吸走注意力而忘記要說。」

「這我不否認。」

大叔雖然很想說「你這時候否認一下啊」，但是庫洛伊薩斯是傑羅斯的同類。

他們是徹底專注於興趣的研究家，對自己沒興趣的東西不屑一顧。

傑羅斯年輕的時候也曾經一股腦地去追求自己想做的事情，是在他當上管理職之後，才開始懂得顧慮周遭的情況。

被拔擢為需要負責任的管理職，也可以說是在他身上加了一道安全裝置。

「雖然是別的事情，不過我之前終於做出了可以變為男性的變性藥呢。我有留下配方，你要嗎？」

聽到傑羅斯這句話的瞬間，庫洛伊薩斯的眼鏡詭異地閃了一下。

「還請你務必告訴我！材料是什麼？跟變為女性的變性藥有什麼不同？我也試著換過好幾次材料，但就是做不出能變為男性的變性藥啊！拜託你告訴我！現在馬上！快、快說！快說啊！」

「……你超級感興趣的耶。你還記得要把剛剛的話轉告給德魯薩西斯閣下的事嗎？」

「你是在說哪件事？而且對於魔導士來說，探究知識是最優先事項吧。我不覺得我有哪裡做錯了喔？」

「庫洛伊薩斯……你已經忘了不該忘記的事情了耶。」

「既然馬上就忘了，那一定不是什麼重要的事情吧。比起那種事，請你現在就把配方給我。我想要去做各種檢驗啊。啊啊，太浪費時間了！」

極度渴望獲得新知的庫洛伊薩斯。

儘管他的外表出眾，但這個強烈的反差，就連大叔都忍不住退避三舍。

「在那之前，我希望你可以把要制定槍械相關法律的事情告訴德魯薩西斯閣下耶？這就是你剛剛忘記的事。你可以先把該做的事情做完，再來檢驗配方吧……」

「說得也是。啊，可是得確認一下是不是真的有效吧。讓女僕們試著喝下試製的樣品好了。」

「我勸你不要，要是直接喝下未稀釋的原液，就會一輩子是男人了！（雖然我沒試過所以不確定就是了。）」

「再用女性變性藥變回原樣呢？」

「不知道會產生怎樣的副作用，不能隨便給一般人添麻煩吧。真要試的話拿死刑犯去試啦。」

「……的確，為了研究而犧牲無辜的僕役們也不好。我拜託父親幫我準備幾個死刑犯好了。反正都要試，挑性犯罪者來試比較好吧。」

大叔的提議雖然很沒人性，但庫洛伊薩斯也是夠沒人性的。

不過對象是性犯罪者的話，是他們是自作自受，拿他們來做藥物實驗，讓他們變為女性後再服下男性變性藥也不會有什麼問題。不如說他們根本無權做選擇。

事實上關於實驗新藥物一事，過去就曾經拿犯下重罪的死刑犯當作實驗品，做各式各樣的藥物實驗來驗證效果。這個世界的科學技術尚未發達，所以是容許這種不人道行為的。這就是這個世界的常識。

然而會毫不猶豫的說出這種話來，這兩人的良心說不定也有哪裡出了問題。

不，事到如今也不用懷疑了吧。

「是說傑羅斯先生……」

「什麼事？」

「這是我從父親那邊聽說的，不過傑羅斯閣下也製作了魔導槍吧？可以的話希望你能讓我看一下。」

「…………真的假的。」

傑羅斯和亞特拿槍盡情殲滅敵人是在鄰國發生的事。

有鑑於德魯薩西斯掌握了這個消息，甚至開始著手試製魔導槍，表示他也派了間諜到鄰國去。情報網大得可怕。

梅提斯聖法神國的火繩槍的確有可能讓他感受到了一點威脅性，可是只要知道對應方式，對魔導士來說根本無法構成威脅。

而且他比傑羅斯預期的更快就開始開發魔導槍，現在手邊已經有製作出來的樣品了。還進化成了比火繩槍更強力的武器。

『不知道這是因為這個國家的風氣造成的，還是開發相關人士的資質帶來的影響，不過使用槍械的戰爭或許會比我想像中來得更快啊……』

傑羅斯不清楚德魯薩西斯公爵到底已經進展到哪一步了，不過從現況看來，傑羅斯自己也在不知不覺間影響到了魔導槍的開發作業。這事實甚至令他感到恐懼。

「好了，趕快拿給我看吧！我聽說是很高性能的魔導槍吧？快！快！」

「……你不用靠得那麼近，我也會拿給你看的啦。你明明長得很帥，為什麼只要一扯上魔法就這麼沒節操啊？眼睛都興奮到充血了，很可怕耶……」

「能夠稍微接觸到部分的睿智結晶，對魔導士來說可是至高無上的幸福時光啊！比起那種瑣事，快拿出傑羅斯先生你的魔導槍吧！」

「是是是……是這個。」

雖然庫洛伊薩斯那單純過頭的好奇心感覺有些危險，不過傑羅斯無法否認，不論是好是壞，這種探求知識的人都會讓文明有所進展，所以他決定先不想太多，把沙漠之鷹拿給了庫洛伊薩斯。

可以的話，希望庫洛伊薩斯對魔法的熱情能朝向好的方面前進。

「這！」

沙漠之鷹比庫洛伊薩斯根據外觀所認知到的來得更重。

不，太重了。

他的身體因為這出乎預料的重量而往前彎。

「這、這是怎樣……這個……重量是……」

「很重嗎？我跟亞特是可以輕鬆的拿起來啦……」

「以武器來看實在……太重了……唔，這不是所有人都能用的東西啊……」

「是嗎？嗯，因為用了大馬士革鋼還有精金那些質量較高的金屬，所以我想是會重一點啦，可是有這麼重嗎？」

「精金……那不是礦物中最重的金屬嗎……而且魔力被吸走了，開始頭暈……」

「啊～……」

傑羅斯的魔導槍運作機制是透過埋藏在握把內的水晶自動吸收魔力，這些魔力在扣動板機時會流入膛室內，再利用魔法術式產生的爆發力射出子彈。

換句話說就是會強制吸走使用者的魔力。

而且因為用了強化魔法來加強槍本身的強度，溢出的多餘魔力不僅槍枝本體，也會同時強化子彈的威力。簡單來說就是設計缺陷。

要說這段話是想說明什麼，那就是對於整天窩在室內不出門，體力和魔力都遠比傑羅斯低下的庫洛伊薩斯來說，大叔的沙漠之鷹完全不是他能使用的玩意兒。

而且他光靠手臂支撐不了這把槍的重量，就算他真的用這把沙漠之鷹開了槍，射擊的威力也會讓他整個人都飛出去吧。

「你沒辦法用啊～」

「沒、沒魔力了……我甚至還沒試射耶……」

「抱歉，這是以我為基準來製作的武器，對庫洛伊薩斯來說太難用了吧。是我沒留意到這點。」

由於強化魔法會持續消耗魔力，持有魔力量不多的庫洛伊薩斯馬上就會陷入魔力枯竭的狀態了。是傑羅斯靠著他自身的大量魔力強行運用，設計粗糙的武器。

反過來說，這表示這個世界的人都無法運用這把武器，以某方面來說算是確定了這武器的安全性，不過還是不能放心。

魔力是可以儲藏的能量，要是有誰製作出了魔力電池，就會推翻這個安全性了。

唉，雖然這應該也是很久之後的事了……

「要使用強力的武器也需要有相對應的魔力……我親身體驗到這點了。」

「這把不行的話，其他的也一樣不行吧。不過你也太缺乏魔力和體力了吧？」

「這時代連研究家都需要體力了嗎……我也要認真鍛鍊自己……」

「你辦不到吧？真有那種時間，你一定會埋首於研究中。」

「我還真沒辦法否認這件事。」

儘管他很想繼續研究傑羅斯的魔導槍，庫洛伊薩斯還是喝下了大叔給他的魔力藥水，補充了魔力。

身為研究家，他對這結果很不甘心。

「哎呀，這次你就拿男性變性藥的配方回去，忍耐一下吧，要是注意力放到了別的事情上，反而會連現在在研究的東西都做不好吧？」

「這就是所謂的魚與熊掌不可兼得嗎？或許真的是這樣吧……沒辦法了，今天就先這樣吧。要接觸這個對我來說似乎還太早了。」

「你說今天先這樣……你這麼不想放棄研究我製作的魔導槍嗎？」

「那當然！除了已開發的樣品之外還有不同體系的魔導槍存在耶？身為研究家當然會想仔細研究一番吧！」

「基本的部分都一樣就是了啦～啊，我都忘了。這是男性變性藥的配方。要不要製作隨便你，可是希望你千萬別拿周遭的人來做實驗喔。」

「你是為求保險起見再次叮嚀我嗎？這方面你不用擔心，我會請父親幫忙準備合適的罪犯，不會有人受害的。應該吧……」

「應該？喂，你剛剛說了應該吧！」

儘管傑羅斯有很多事情還想繼續追問下去，可是拿到配方的庫洛伊薩斯顯得非常興奮，完全沒在聽人說話。

他酷帥的外表消失無蹤，開心地踏著小跳步，連個再見都沒說就走人了。

在這種狀態下，傑羅斯就算追上去也沒用吧。

大叔有點後悔自己把危險的配方給了這種不妙的人物。

「我是無所謂，可是他忘了帶走魔導槍的樣品耶……」

庫洛伊薩斯離去後，只剩下魔導槍的樣品還留在這裡。

只要眼前有研究的對象，馬上就會忘記其他事情。這就是庫洛伊薩斯・汎・索利斯提亞這個青年。

大叔手上拿著肯定被列為機密事項的魔導槍樣品煩惱著，不知道該拿這玩意兒怎麼辦才好。

第三話　茨維特帶克莉絲汀前往傑羅斯家

茨維特一邊幫克莉絲汀帶路，一邊前去找傑羅斯。

走在舊街區裡的兩人，不知為何從途中就沒了對話。

這也是因為……

『不妙……對話停下來了。一開始雖然靠著爺爺和薩加斯老師的事情，讓對話得以延續下去，可是仔細想想，我還是第一次這樣和女生走在一起啊～不找點話題聊天感覺很尷尬。』

『對、對話斷掉了……有沒有什麼話題啊！我想得到的話題只有劍、劍，還有劍……只有劍術的話題啊～～！好尷尬……該怎麼辦才好……』

這兩個人從未跟異性約會過。

茨維特的年齡＝沒有女朋友的經歷，雖然曾經有過一次一見鍾情的經驗，可是那是他受到洗腦魔法的影響，變成驕縱大少爺的時候。也就是說這是他有生以來第一次和女性走在街上。

而克莉絲汀的情況也一樣，身為騎士家的繼承人不斷勤奮修行至今，結果這次是她第一次認真的在意起異性。

儘管兩人相處得很不自然，但他們沒發現自己在旁人眼中看來就像是剛交往的小情侶。

偶爾會有認識茨維特的人（尤其是大嬸）對他們說「加油喔」，可是腦袋一片空白的他們聽不懂這話中的含意。

這時一個人的登場，打破了這段連時間的流逝都變得曖昧不清的沉默。

「唷，這不是同志嗎？真巧啊，在這裡碰到你。」

「好、好色村？你來舊街區幹嘛啊？」

「我？沒啦～我不是一度淪落為奴隸，失去了傭兵資格嗎？我想重新取回資格，所以來舊街區這裡拿我新買的裝備啦。」

「你說新買的裝備，是那一身新手裝嗎？」

「對啊。」

好色村穿在身上的是一套便宜的皮製裝備，不是他平常穿的全身金屬板甲。

感覺也沒多貴，不管怎麼看都是新手只要存幾個月的錢就能買得起的玩意兒。是不符他實力的一套裝備。

「為什麼是新手裝啊，你自己的那套全身金屬板甲怎麼了？」

「要是穿太好的裝備啊～會有很多可怕的人跑來找碴……畢竟要應付他們也很麻煩，我才會換上這套便宜的裝備。」

「所以？你重新取回傭兵資格，打算要幹嘛？」

「呵……我要去迷宮裡尋求邂逅！」

「啥？」

聽到好色村又做出了愚蠢發言，茨維特一頭霧水。

『迷宮裡是有什麼邂逅會等著他啊？新品種的魔物嗎？』茨維特是這樣想的。

「我聽說在可以當天來回的距離內就有一座迷宮啊。我記得是在啊～哈嗯♡村吧？」

「是阿哈恩村。那裡應該只有廢礦坑啊……該不會……」

「對！就是那個廢礦坑變成迷宮了。反正我現在是休假期間，我要去搭訕女孩子嘍。」

「你說邂逅是想認識女孩子喔！你這笨蛋，到底是想在迷宮裡追求什麼啊……」

迷宮是充滿了傭兵們的夢想與欲望，還有犯罪的魔窟。

有些人會為了生活去尋找可以賣錢的素材，有些人想在迷宮內找到各式各樣的武器及道具，有些人則是會在迷宮裡襲擊其他前來追夢的人，奪走他人的戰利品。

前面兩種人還好說，最後一種人由於受害者連遺體都會被迷宮給吸收，會形成沒有任何線索緝凶的完全犯罪。是傭兵公會最為防範的違法行為。

他實在不懂為了搭訕女孩子而跑去迷宮的好色村腦子裡在想些什麼。

「我說啊～去探索迷宮確實有很多好處，但那裡可是危險程度更勝於利益的地方喔。你不該為了搭訕女孩子而去那種地方吧。」

「我才不想被同志你這個和女朋友要好地在約會的叛徒這樣說咧！我……我想和女友做色色的事情啊！」

「你真的徹底忠於性慾耶！我以某方面來說實在很佩服你。」

就年齡＝沒有女朋友的經歷這點來看，好色村也是一樣的。

雖然茨維特心中也多少有被好色村那發自靈魂的吶喊撼動的地方，不過要說他會因此同意好色村的行為，那倒也不是。

他只覺得好色村以搭訕女孩子為目的跑去危險場所的行為，根本太小看迷宮了。迷宮裡會出現魔物，還設有無數的陷阱，根本不可能在那種地方找女孩子搭訕。

真要說起來，迷宮是人類與魔物，或是和迷宮本身一再賭上性命搏鬥的地方。

「沒事啦。白色頭髮的少年也這樣那樣地釣到了女孩子，所以我搞不好也做得到啊？我要成為後宮王！」

「你說的少年是誰啊……不對，精靈怎麼了？你不是說你只愛精靈嗎？」

「同志……夢總有一天會醒的。既然我不管怎麼找都找不到精靈，那我也想試著談普通的戀愛。最好是一見面就可以做色色的事，比較輕鬆的……」

「你乾脆上妓院去啦！是說要找精靈的話，那邊就有啊。」

「……咦？真的假的？在哪裡？」

「那邊……」

在茨維特手指著的前方，有一對普通的親子走在路上。

在好色村眼裡那看起來實在不像精靈。他也不覺得那是精靈。

「……那是普通的人吧？」

「不，那對親子是精靈喔？」

「他們的耳朵不是尖的啊？」

「你說的是高階精靈。那種高階種族怎麼可能會出現在這種地方啊！順帶一提，普通的精靈外表跟人類沒什麼差別，這是常識吧。」

「詐欺啊～～～～～～～！」

沒錯，這個世界的精靈除了屬於高階種族的高階精靈之外，耳朵都不是尖的。

好色村腦中幻想的是輕小說裡出現的精靈形象，他實在無法區分精靈和人類的差異。

畢竟兩者之間的差異只有白皙的膚色還有壽命，外觀看來和普通的人類幾乎沒有不同。要再舉出一個特徵的話，就是精靈的魔力比人類多吧。

精靈就算還是小孩子，也擁有等同於高階魔導士的魔力量。

精靈的數量比人類少，一般人就算有關於精靈的知識，要是探查魔力的能力不強，也無法發覺。

以這條件來看，好色村有出色的探查魔力能力，應該可以發現精靈的，然而他平常就很散漫，而且也不會沒事就去探查周遭的魔力。

因為他也不是魔導士，探查魔力的能力不會自動發動，所以沒發現一般的精靈，白白浪費了自己的幹勁。

茨維特正因為是魔導士，是以剛才那對親子釋放出的魔力辨別出他們是精靈的。

好色村以前雖然曾看穿蜜絲卡是混血精靈，可是那是因為混血精靈有耳朵會比較尖的特徵在，他才多少能辨別的出來。

好像很敏銳卻又有點脫線。這就是好色村。

「那樣跟人類根本沒什麼不同嘛……夢想……把我的夢想還給我……」

「夢總有一天會醒的吧？事到如今了還說這種話幹嘛。」

「既然這樣……我要和同志一樣找個大奶妹，每天都過著色色的夜生活！」

「好色村……真虧你敢在大街上喊出這麼丟臉的話耶。而且你這樣對克莉絲汀很失禮吧！」

「只要是男人，大家都喜歡巨乳啊！同志你也是這樣想的吧？」

「……總覺得我以前好像也聽誰說過這句話。」

他雖然因為以前曾聽某人說過這句話而皺起了眉頭，但是比起這件事，他更在意突然被說是大奶妹的克莉絲汀。

好色村的發言對貴族來說相當失禮。

就算當場被處決也不為過。

茨維特緩緩把視線移到她身上後，發現克莉絲汀滿臉通紅。

『女、女朋友？我我我……我是茨維特少爺的女朋友？比起那個，說我是大奶妹……男人全都喜歡大胸部？所以說茨維特少爺也……咦？咦咦？』

她在奇怪的點上起了反應，腦袋一片混亂。

克莉絲汀跟同齡的女孩相比發育得比較好。

像好色村這樣的笨蛋不可能會漏看這一點，而且又是突然在大街上大聲地這麼說，讓她陷入了害羞與混亂之中。

光是說她是茨維特的女朋友就讓她不知所措了，接連拋來的話語一下子超出了她的腦容量，令她頭昏眼花地反應不過來。

「看吧，都怪你連續做出性騷擾發言，害她不知道該怎麼辦才好了。」

「同志……光明正大的承認自己是好色的男人比較受歡迎喔。我所知道的小說主角們對於性都非常的開放，而且明明經常走運地吃到正妹豆腐，依然處在有眾多女生愛慕，大開後宮的狀態喔。就是這點令人嚮往啊！」

「不，你用現實的角度想想吧。那一般來說不是會被當成變態或是危險人物嗎？」

「總比悶騷的跟蹤狂好吧？」

「人是不可能像故事裡的主角那麼受歡迎的吧。你稍微看看現實好嗎，你覺得女人會想接近不斷在大街上做出性騷擾發言的傢伙嗎？」

「…………」

被逼著面對現實，讓好色村無言以對。

儘管他靠著順從自己的欲望來忽視無情的現實，心中的某處仍正視著現實吧，因此他沒辦法反駁茨維特。

然而他是會公然跑去偷窺的笨蛋。

就算現實再無情也會憑著衝動行事，用下半身思考的生物。

「呼～現實的確很無情，可是你以為我這樣就會死心了嗎？夢想就是要順著自己的欲望去追求的東西吧！我！我要成為後宮王！看著吧，同志。我絕對會抓個好女人回來的！呼哈哈哈哈……」

他拋下這些話便猛衝了出去。

現場只留下因為都卜勒效應傳來的聲音，他胸中懷抱著性慾，就這樣順著欲望狂奔而去。

「……在他說要把人抓回來的時候就已經是犯罪行為了吧。他是打算再淪落為奴嗎？」

「總覺得他是個很獨特的人呢……茨、茨維特少爺有很多像他那樣的朋友嗎？」

「……我最近開始覺得我身邊都是些無可救藥的笨蛋了。原本以為是好友的傢伙快變成死纏爛打的跟蹤狂，護衛是會公然做出低級發言，還一點都不覺得丟臉的蠢蛋……還有就算同樣是公爵家的繼承人，卻毫無責任感的傢伙在。我已經認真開始思考，自己是不是該重新檢視一下自己的人際關係了。」

「剛剛那位也不像是什麼壞人就是了……呃，咦？在那邊的不是庫洛伊薩斯少爺嗎？」

「什麼？」

在克莉絲汀的視線前方，可以看到踏著小跳步，正好從街角現身的庫洛伊薩斯。

雖說總是窩在房裡的他出現在舊街區本身就是件難得的事了，但他看起來不太對勁。

他用雙手高舉著一張紙，整個人飄飄然地的舞動著身體。

茨維特看著他那實在不像是公爵家次男的模樣，覺得非常丟臉。

一點都不想讓克莉絲汀看見的場面，卻好死不死在他們兩個人在一起的時候撞見了。

「……裝作沒看到他吧。」

「咦？可是那是庫洛伊薩斯少爺吧？不向他搭個話嗎？」

「就因為……那是庫洛伊薩斯啊。」

沒錯，正因為那是他親弟弟，他才不想去搭話。

不僅如此，他甚至想要使出全力，立刻逃離現場。弟弟的醜態令茨維特覺得丟臉到如果可以，他巴不得從記憶中抹去這件事的程度。

「我們繞個路吧。我現在不想和那傢伙扯上關係……」

「………的確，我也這麼想。」

「得到妳的認同感覺也有點難受啊……」

兩人無視一臉幸福的庫洛伊薩斯，繞道前往傑羅斯家。

儘管如此笨蛋弟弟的模樣仍深深烙印在他的腦海中，揮之不去。

沒注意到自己醜態畢露的庫洛伊薩斯像芭蕾舞者一樣跳躍著，獨自前往索利斯提亞派的工坊。

一路上不斷遭到路邊的孩子們指指點點……

後來茨維特是這樣說的。

『我那時候真的覺得和他有血緣關係很丟臉。因為他那副模樣簡直是公爵家之恥……你說想見識看看？真好，你可以事不關己一笑置之。我當下可是很想死啊……為什麼我得留下這種痛苦的回憶啊。』

此外，在索利斯提亞公爵家的命令下聚集起來的重大罪犯，後來以分不清楚是男是女的樣子回到了監獄裡。

那些罪犯似乎在監獄裡惹出了各種麻煩，不過沒有任何資料留有當時的紀錄。

只有那座監獄的守衛在報告裡面留下了一句「男大姊……好可怕」。

◇　◇　◇　◇　◇　◇

茨維特和克莉絲汀總算來到了傑羅斯家。

然而……

「這裡就是……傑羅斯先生家嗎？」

「是啊……是師傅家。可是……」

這個家的主人非比尋常。

而兩人目睹了發生得理所當然，卻很不尋常的景象。

「咕咕〜〜〜〜！（怎麼了？就這點程度嗎！）」

「還沒，還沒完呢……烈風二之太刀，『雙風刃』！」

正在和不知道是進化種還是亞種的咕咕互砍，看起來像是高階精靈的少女，以及——

「肉肉肉肉肉肉肉肉肉！」

「喔？凱今天的連打攻擊很有力呢。」

——在和體型肉肉的少年過招的大叔魔導士。再加上……

「唔，到底哪個才是真正的桑凱師傅……」

「強尼，小心點。可能是我多心了，但我認為本體就在這些殘影之中。」

「拉維，把注意力都放在桑凱師傅身上的話，烏凱師傅會攻過來的喔！可別大意了！」

「咕咕……（在下的新招式，名為『殘影雞翼之陣』。）」

「咕咕咕！（安潔說得沒錯，你們身上全是破綻。腳下空出來了喔！）」

「「「唔哇〜〜〜〜〜〜！」」」

被兩隻咕咕打飛出去的強尼、拉維、安潔。

在這一片混亂的訓練場旁邊，咕咕和小雞們整齊劃一地照著基本套路在練拳。

儘管這是這裡的日常風景，對初次看到的人來說還是令人錯愕、難以置信的世界。

「咕咕是那麼擅長武術的生物嗎？」

「好像是師傅訓練過牠們，就變成那樣了。到底是怎樣訓練的依然成謎就是了。」

用手下留情的輕踢把將人生全賭在肉上的少年給稍微踢飛出去後，灰袍大叔這時後才終於注意到了茨維特他們。

「嗨，茨維特，真難得你會到我這裡來啊。」

「師傅……你平常都這個樣子嗎？」

「沒啦～我本來到剛剛都還在打鐵，是孩子們拜託我來的。有心向上是好事吶。是說你身旁的女孩是……哎呀？」

大叔發現了眼熟的少女之後，疑惑地歪著頭，心想『我好像有在哪裡見過她……是在哪裡啊？』

「好久不見了，傑羅斯先生。日前受你相助，真的非常感謝你。」

「啊，該不會是在啊哼村見過吧。」

「是阿哈恩吧。你忘記這件事了嗎！克莉絲汀說你是她的救命恩人耶……」

「我確實是救了她，可是不是什麼需要道謝的事情啊。因為我只是去採礦順便而已。這又是迷宮裡經常會發生的事。沒什麼好在意的。」

「儘管如此，你還是我的救命恩人！我那時本想向你道謝，可是傑羅斯先生卻已踏上歸途了。」

「反正我都忘了，妳也不用特地向我道謝啦。」

「師傅……克莉絲汀也是貴族。就算師傅你不在意，因此保住一命的人當然會想好好道謝吧。而且也有貴族的面子要顧。」

「唉，要道謝的話我現在已經收到了，不用把事情想得那麼嚴重啦。我也不是想要求回報才救妳的。」

對大叔來說，他只是在緊急狀況下碰巧遇到克莉絲汀才會順手救人，不是什麼需要感謝他的事情。

而且擔任護衛的騎士們已經道謝過無數次，光是那樣就夠了。

他雖然乾脆地接受了克莉絲汀的道謝，但他並不想要比這更多的謝禮。

「可是我不能什麼都不做啊。身為子爵家的一員，我希望能盡量去做些在我能力所及的範圍內的事來回報你。」

「迷宮裡的常識，就是如果有實力足以拯救遇難者的高手在現場，可以依據當事人的想法和判斷，來決定要不要救人。我只是一時興起才救妳的，而妳也不過就是運氣好而已。如果我因為這樣要求回報，感覺像是故意在賣妳人情吶。擔任護衛的騎士們在那之後也向我道謝過很多次了，妳再堅持下去會傷到我的品格和尊嚴的喔。有妳剛剛那句話就夠了。」

「可是……」

「師傅都說不用在意了。先不提他有沒有品格，妳再繼續堅持下去，反而會讓好意出手救妳的師傅很沒尊嚴喔？這件事就到此為止吧。」

「茨維特……你也是很過分耶～大叔的玻璃心受傷了喔。雖然是硬得媲美鑽石的玻璃啦。」

「──那表示你的神經超大條的吧？」

「鑽石不會輕易刮傷，可是意外的說碎就碎喔。」

大叔其實也沒什麼值得誇耀的地位或尊嚴，所以不太在意茨維特的發言。還故意厚臉皮的強調自己的內心很纖細。

不過比起這個，他有點在意公爵家的少爺親自帶她過來這件事。

「你們來這裡只是為了讓她來道謝嗎？如果是這樣的話，我想應該不用茨維特親自帶路才對，該不會是有什麼事情想要拜託我吧？」

「你還真敏銳……想拜託你處理的，是克莉絲汀和師傅一起開採到的東西。」

「什麼東西？」

「……是山銅。我雖然有試著尋找會運用山銅的鐵匠，可是大家都不知道該怎麼處置山銅才好，讓我很傷腦筋。」

「啊～……我記得妳說妳是為了鑄劍才去開採礦石的吧。然後就把發現的山銅給帶回去了啊～」

「我自己的劍用祕銀重新鍛造過了，可是覺得有一把能當作傳家之寶的劍也不錯，所以才在尋找懂得怎麼運用山銅的鐵匠。」

然而她找不到會運用山銅的鐵匠，經過一番曲折才來到了傑羅斯這裡。

聽說這件事之後，傑羅斯立刻在腦中統整自己的想法。

就在他明明建了一座鍛造場，卻還沒能盡情地鍛造時，來了一塊屬於稀有素材的山銅。

對象是山銅沒有什麼好挑剔的，不如說他甚至有股想要盡情地打鐵的欲望。

看來這次沒有魔導鍊成出場的餘地了。應該說，用魔導鍊成製造的劍性能本來就會下滑，所以魔導鍊成一開始就不在大叔的選項之內。

「傳家之寶啊。材料要用鐵？還是要用祕銀？我手邊也是有精金啦，可是用那個會變重呢～劍要做成雙手劍？還是單手劍比較好？」

「你願意幫我鍛造嗎！」

「可以啊，我剛剛也試著在鑄劍，可是覺得沒什麼興致繼續，就中斷了。我想要做那種……更厲害又誇張的武器。」

「師傅……你打算做什麼出來啊？我不會生氣的，你老實說吧。」

「祕密。我只能跟你說我在鍛造途中想著『咦？這個做出來就糟了吧？最後非得殺掉使用者才行，還是別這樣做好了。』」

『『他本來打算做那種超危險的東西嗎！』』

就算平常有在克制，他有時候還是會想製作超出常識範圍的武器。

從來到了奇幻世界之後他就很自制，不過大叔已經徹底習慣了這個世界，腦子裡的螺絲可能開始逐漸放鬆了。

雖然他做了槍刃、機車，最後還做了魔導槍和四輪汽車，事到如今說他有在自制也沒說服力……

「所以說，妳想要一些特別強大的性能嗎？比方說一揮就能發出對周遭造成損害的斬擊，或是會不由分說地降下雷電的劍。還是只要一度拔出刀鞘，就會猛烈發射廣範圍魔法，停不下來的劍？」

「那個……使用者有辦法控制嗎？」

「沒辦法吧？」

『『委託這個人真的沒問題嗎？』』

大叔完全沒在考慮使用者的狀況。

拜託這樣的人鑄劍真的沒問題嗎？兩人認真的開始擔心了起來。

「請做一把普通的劍給我……」

「那特別突出的追加能力呢？」

「不需要！」

「你幹嘛問這個？一般人都不會想要加上什麼危險的能力吧。」

「…………嘖，普通的劍啊～總覺得提不起幹勁呢。啊，偷偷追加有趣的能力上去好了。」

「「你把心裡想的事情說出來了喔！」」

「不需要加上奇怪的能力！」克莉絲汀拚命地拒絕一直問她想加上什麼特殊能力的大叔，傑羅斯只好心不甘情不願地接過山銅。

大叔在踏入鍛造場之前，拋下了一句「那你們傍晚的時候來拿」，就消失在門後的黑暗之中了。

茨維特和克莉絲汀心想著。

『劍是在這麼短的時間內就能鍛造出來的東西嗎？』

不顧兩人內心的疑問，鍛造場的煙囪飄出了黑煙。

◇　◇　◇　◇　◇　◇

在傑羅斯窩進鍛造場之後，茨維特和克莉絲汀在索利斯提亞家的別館裡打發閒暇的時間。

在那期間還發生了克莉絲汀拿起了陳列在書庫裡的薔薇色小說和百合花盛開的色色同人誌，滿臉通紅不知所措的突發事件。

他們做了各種事情消磨時間後到了傍晚，兩人再度造訪傑羅斯家。

「唷，我在等你們呢。你們來得比我想像中的還晚耶。這是你們想要的山銅製的劍。」

「「…………」」

看到出來迎接他們的傑羅斯手上拿著的劍，兩人啞口無言。

那把劍實在太大了。

又大、又重、又硬，超有分量……實在太誇張了的一把劍。

「只要用這玩意兒，就連飛龍的頭都能一刀砍下喔♪」

「「不不不，你做的這是什麼玩意兒啊！」」

畢竟這把劍光是劍刃就有將近五公尺，要分類的話毫無疑問地會被分在超重量級。

而且造型彷彿會帶來災禍，不僅有著說是魔王持有的劍大家也會相信的邪惡感，還很貼心的散發出帶有駭人氣息的魔力。

最重要的是沒那麼容易找到能夠揮動這把超重量級武器的人。

能用單手輕鬆地拿起這把武器的大叔反而奇怪。

而且這把武器根本不是可以拿來當作傳家之寶，值得誇耀的東西。

「哎呀，我開玩笑的啦。這是在日常生活中尋求些許刺激，大叔使出渾身解數，在一瞬間讓人笑出來的絕招。」

「原來是搞笑喔！」

「太好了……如果這種誇張的劍是傳家之寶，在別種意義上可無法拿出來給人看啊。」

「那以某方面來說真的會變成傳家之寶吧？」

「如果是有什麼隱情或由來的話是沒錯啦！照一般人的想法，只會懷疑委託鐵匠打造出這種劍的人人格有問題吧。」

「你想說我是人格有缺陷的怪人嗎？對我這麼有常識的人說這種話，很失禮耶。」

「「光是會這樣使出全力來搞笑，就已經是個十足的怪人了吧！」」

在悠哉的日常生活尋求刺激的大叔使出全力的搞笑以失敗告終。

在無謂的事情上也會拿出全力，這就是殲滅者。

「實際做出來的是這把。外觀看起來是普通的劍，不過我把重點放在鋒利和強韌度上了。」

「啊，外觀看來真的很普通耶。」

「連個裝飾都沒有，設計也有點老派。」

傑羅斯拿出的是一把完全沒有裝飾，樸素的劍。

雖然劍鞘上多少有一些，但是劍柄之類的地方完全看不到裝飾。

不過克莉絲汀拔出這把劍後，就知道他為什麼沒多加裝飾了。

「好美。」

「這把劍……既然有這樣的劍身，加上裝飾反而顯得俗氣了。」

「是啊。因為加了山銅，大幅提昇了劍的潛在能力。這也很考驗鐵匠的技術就是了……要是搞錯礦物的比例，就會變成廢鐵了呢。」

銀白色的劍身光彩奪目，在不同角度的光線照射下，反射出七彩的光芒。

她試著將魔力注入劍身後，發現魔力的流動相當滑順，簡直像是手握著傳說中的聖劍。

在魔力纏繞下的劍看起來實在是太神聖了。

正如茨維特所言，在這把劍上加上多餘的裝飾根本是暴殄天物。

這是題外話，不過這把劍是有標價的，是很有良心的金額。

照傑羅斯的說法，『這正好能讓我打發時間，而且這把劍連個特殊效果都沒有，我也不能開太高的價格』。

他們實在不懂傑羅斯的判斷基準到底在哪裡。

「順帶一提，還有一把劍。造型上我是仿照以前修復過的劍製成的，收下吧。」

「長劍啊……說是這樣說，但這兩把劍都是國寶級的喔。要是得到陛下賞賜這把劍，可以說是騎士最高的榮耀吧。」

「騎士劍……這個獻給陛下比較好吧。這不是應該留在我這種子爵家裡的東西。」

「關於這件事，先知會我老爸一聲吧。不現在馬上回去找他提這件事，就不知道什麼時候才能抓到我老爸了。」

「畢竟他是在各方面都很忙碌的人吶……啊。」

這時候大叔想起來了。庫洛伊薩斯忘了東西在這裡的事……

他連忙跑回鍛造場，拿了放在那裡的東西回來。

「茨維特，要你順便做這件事情是有點抱歉……不過你可以幫我把魔導槍拿去還給庫洛伊薩斯或是德魯薩西斯公爵嗎？這是今天早上庫洛伊薩斯忘在這裡的東西。」

「噗！那……那個笨蛋。」

被視為最重要機密的魔導槍。

從傑羅斯那邊接過魔導槍的樣品後，茨維特不禁哀號。

庫洛伊薩斯忘記重要機密武器這種不負責任的行為，讓茨維特頭痛地忍不住抱住了頭。更何況那還是他的家人。

雖說忘在傑羅斯這裡算是不幸中的大幸，但這東西要是流入其他國家就糟了。

「這是那個笨蛋的錯。還好是忘在師傅這裡……」

「唉，我把某個配方給了他，也要負一些責任啦。我沒想到他會興奮成那樣。」

「因為他是個研究狂啊。我雖然想找師傅好好聊聊，不過考慮到這玩意兒的事，我還是趕緊回去比較好。」

「這個是什麼啊？是武器嗎？」

「……妳現在不要知道這件事比較好。不如說為了妳的人身安全，忘了吧。」

「咦？」

不知道魔導槍為何物的克莉絲汀露出了疑惑的表情。

茨維特雖然有一瞬間覺得她很可愛，不過馬上想起了事情的重要性。

就算是克莉絲汀，現在也不能讓她知道魔導槍的事。

總之茨維特只說了這是軍事機密，就急忙準備打道回府了。

克莉絲汀也在留下一句「謝謝，劍的費用我一定會在近期內支付的」之後，就和茨維特兩人一起回去了。

而目送他們離去的傑羅斯——

「動手鍛造之後想到了不少點子，想來認真的鍛造一把劍了呢。」

——嘴上說著這種話，又走向了鍛造場。

大叔的鍛造欲被點燃了。

在那之後他在鍛造場裡窩了大約三天，不過沒人知道他做了什麼。

唯一可以確定的是上頭一定加了不能在市面上流傳的特殊性能。

第四話　好色村的災難與聖法神國的勇者

好色村雖然大喊著「我要為了尋求邂逅前往迷宮！」，獨自來到了阿哈恩村，可是以現實的角度來看，這根本是不可能的事。

不，或許還是多少有些這樣的案例存在吧，但傭兵原本就是為了錢才會踏入迷宮的。他們大多都為了生活所苦。

如果是很受信賴的傭兵，光是靠來自貴族或商人的護衛委託也能賺到錢，但是相反的，要是沒有相對應的實力，連討伐委託都賺不到錢，這才是傭兵這個職業面臨的實情。

一般來說是不會有人像好色村這樣帶著色心前來迷宮的。

刻意穿著新手裝前來這件事也害到了他自己，以搭訕為目的的勸誘都被人委婉的拒絕了。

他忘了裝備的好壞也是用來展現實力的一環。

『太不幸了……』

好色村詛咒著現實的不合理。

他原本預定是要和初出茅廬的可愛美少女傭兵，或是個性豪爽的大姊頭女傭兵一起探索迷宮的，然而現實中卻是四個長相凶惡的壯漢包圍著他。

「哈哈哈，不要一臉不安的樣子嘛。別看我們這樣，我們可是很有經驗的喔？」

「我們已經下來這個化為迷宮的坑道探索好幾次了。不用那麼擔心啦。」

「讓我們好好樂一樂——哎呀，我們會保護你的啦～」

「是啊，你就當做上了一艘大船，安心跟上來啦。」

準備新手裝反而造成了反效果。

外表看起來很弱，所以女性傭兵們根本不理會他，最後只有親切的大叔傭兵願意帶他同行。

要說得更精確一點，是對方跑來搭訕他的。

『感覺他們都是好人，可是是我多心了嗎？總覺得怪怪的……』

好色村不知為何對這些乍看之下外表凶惡，實際上卻很親切的大叔們產生了一股危機意識。他們太過親切這點實在太可疑了。

感覺他們很沒必要的在刻意裝熟。

他們會不時觸碰好色村的身體，或是在一瞬間露出盯著獵物的銳利眼神來看好色村，這些行為都讓好色村無法信任他們。

考慮到他們也有可能會是專門打劫新手的惡劣傭兵，好色村提高了防備。

就算是好色村這樣的笨蛋，在這方面也是有危機意識的。

「我記得是這裡吧。」

「對，然後穿過這道暗門……」

「這裡是個好地方啊，在各種意義上來說都是最棒的。」

「可以享受到最棒的刺激感呢，嘻嘻嘻……」

弱小的魔物看到傭兵們就逃，他們在坑道裡前進的速度比想像中的更快。

然後在穿過偽裝成岩壁的暗門之後，裡頭是個什麼都沒有的小房間。

好色村心中不祥的預感愈發強烈。

「喂，這裡什麼都沒有耶？」

「是啊，啥都沒有。」

「除了我們以外……」

「別這麼急啊，我們還有很多時間呢。」

「嘻嘻嘻……」

隨著笑聲傳來了門被關上的聲音。

確認門已經關上了之後，四個大男人開始默默地脫下裝備。

「你、你們……該不會……」

「哈哈哈，看來你已經發現了，那我們就直接問你啦……」

「「「「要不要做啊？」」」」

「啊，還好不是專門打劫新手的人……不對啦！你們是那一掛的喔！」

四人全是有著另一種性癖好的人。

而且他們還貼心的站成一排，用充滿男子氣概的表情，同時說出好色村一點都不想聽到的台詞。

「難怪我有一種討厭的預感！以打劫新手的人來說，你們的眼神和態度都很奇怪，我雖然不想去思考，可是你們散發出的感覺，跟我在里沙克爾鎮遇到的那傢伙太像了！」

「什、什麼？」

「你該不會也見過那傢伙吧！」

「這是何等的偶然啊……」

「怎麼會這樣，命運會把見過那傢伙的人牽在一起嗎……」

男人們驚愕不已。

從他們的反應看來，就算遲鈍如好色村也發現了。

「我、我雖然不想聽，不過你們該不會是……」

「「「沒錯，我們是那傢伙手下的……受害者。」」」

「不會吧！」

好色村說他遇見的那傢伙，是指他在里沙克爾鎮偷窺失敗被收押在牢裡的時候，接在他們之後入獄的男性。

他逼迫包含好色村在內的學生們和他發生關係，讓眾人留下了在狹窄的牢房裡逃了一整晚，痛苦到不願回想起來的沉痛回憶。好色村的背脊因為被喚醒的恐怖記憶而竄過一股寒意。

好色村雖然勉強保住了自己重要的貞操，但眼前的男人們屬於失去的那一方。

「我們一開始也沒有這種癖好的……」

「讓那傢伙成為我們的同伴，就是我們倒楣的開始……」

「我們是覺得那傢伙的行動很可疑，可是那天，他在野營的途中襲擊我們……」

「我們……就這樣被拖進了薔薇的花園裡啊！」

男人們淚流滿面地回想起過去的黑歷史。

他們哭到哽咽的樣子實在令人同情。

「他手下的受害者，為什麼會……」

「那是我們無法忘卻的記憶……甚至化為夢境糾纏著我們。」

「然而那時候的失落感……」

「刻劃在這身體上的快樂……」

「讓我們打開了嶄新的大門！」

「「「既然我們被開發出了新的癖好。那就只能繼續朝著這條路上邁進了吧！」」」

「不能因為這樣就去襲擊別人吧！」

受害者化為了加害者。

創造出了可怕的腐面連鎖效應。

「所以說啊～你來跟我們一起分享這份不幸吧。」

「沒什麼～只要數數天花板上的汙漬，很快就結束了。」

「你有個很不錯的屁股呢。好期待你會發出怎樣的叫聲喔。」

「打開天國的大門吧。反正你已經無法從這裡逃出去了～」

「別、別開玩笑了！」

好色村全力衝向進來時通過的門，用力握住門把往外推，然而那扇門卻紋風不動，完全沒有要打開的樣子。

他拚命的敲門也沒用，打不開的門讓他開始慌張起來。

「為、為什麼！進來的時候明明就打開了啊！」

「這個房間啊～不去按下設置在房內某處的隱藏開關，是沒辦法打開門的喔。」

「好了～你有那個閒工夫去找開關嗎？」

「讓我們來教教你真正的快樂，解放你的靈魂吧。」

「嘻嘻嘻……夥伴又要增加了。在世界上擴展開來的愛的圈圈～」

「別、別過來喔……你們不要接近我……」

好色村的貞操再度面臨危機。

面對半裸著身體，緩緩逼近自己的男人們，他的心中染上了恐懼與絕望。

沒錯，好色村因為在里沙克爾鎮被那一掛的人襲擊過的恐懼，變成了對這種人毫無抵抗力的喪家犬。

「嘿嘿嘿……別這麼害怕嘛～讓人很興奮耶，你該不會是在誘惑我們吧？」

「我們也不想做這種事，不過……嘿嘿嘿，我們控制不住自己的性慾啊。」

「我們會溫柔的讓你知道男人有多好的。你就乾脆地死心，縮緊你的屁股吧。」

「做好覺悟了嗎？Ｐｒｅｔｔｙ　Ｂｏｙ♡」

「住、住手……別過來！我會打飛你們喔！呃……咦？」

就在千鈞一髮之際，好色村腳下的地面似乎消失了，他突然有種失去重力的感覺。接著他就這樣消失在地上開出的洞裡。

「居、居然是隨機陷阱！這個房間裡面也有這玩意兒嗎！」

「甜心掉下去了啊，可惡！」

「怎麼會這樣啊～那個屁屁可是我的耶！」

「他到底掉到哪一層去了啊？」

隨機陷阱。

是一種根據特定的時間或日期，又或是在特定條件下才會發動，無法預測的迷宮陷阱。因為表面加上了精密的偽裝，很難被發現。

這種陷阱不知道什麼時候會發動，誘導眾多迷宮的挑戰者面對嚴苛的試煉。算是好色村走運吧，設置在這個隱密房間裡的陷阱正好是墜落陷阱。

他抵達的位置是廢礦坑迷宮的中層區域。

「得救了……為什麼總是只有我會遇上這種事啊。難道我做了什麼壞事嗎？我已經受夠這樣的人生了……」

好色村在落地處因為自己的不走運而潸然淚下。

雖然他因此逃過了貞操的危機，卻也同時陷入了必須自行從迷宮中層離開迷宮的艱辛狀況。

要獨自從擴張後的迷宮回到地面上非常困難，回到桑特魯城的時候，好色村的肉體和精神都已經變得殘破不堪了。

可能是在迷宮內被逼到極限了吧，就算茨維特問他發生了什麼事，他也不回答，就只是默默地流著眼淚。

讓我們為他默哀——

◇◇◇◇◇◇◇

有一行人在從梅提斯聖法神國西方延續出來的道路上，朝著國家的首都——聖都「瑪哈・魯塔特」前進。

他們是全員身穿銀白鎧甲，高舉著象徵四神教光環十字的旗幟，前進的隊伍整齊劃一的聖騎士團。

「就快到托其卡城了……」

低聲說著這句話的，是率領這支聖騎士團的大將，被譽為是最強的勇者，受封神聖騎士的異世界人，「川本龍臣」。

四神教將「川本龍臣」、「岩田定滿」、「姬島佳乃」、「笹木大地」、「八坂學」封為五大將，當作手上的王牌，也已經是過去的事了。

「岩田定滿」已經不在人世。「姬島佳乃」則是和其他幾位勇者一同失蹤了。

「笹木大地」雖然和「八坂學」一同負責維護聖都周遭的治安，但他總是會在途中就把麻煩的工作推給別人去做，所以他的工作大多落到了事務能力較高的「八坂學」手上。有夠過分。

有些人甚至會說「乾脆都由學大人來處理就好了吧？」

學的不幸還在持續下去……

一年前在阿爾特姆皇國的戰鬥中已經失去了超過一半的勇者，剩下的勇者也是不適合上戰場，屬於第一產業或第二產業的生產職業。

最抗拒上戰場的是在「笹木大地」指揮下，投身於火繩槍製作工程的勇者鐵匠「佐佐木學」（綽號是阿佐），他堅稱：「我不行！就算敵人是哥布林，我也沒辦法戰鬥啦！」不斷逃避，也就是在這段期間內，他製作出火繩槍的功績被「笹木大地」給搶走了……不過當事人完全不在意。

不如說他還很慶幸自己可以推掉麻煩的負責人頭銜。

其他生產職業的勇者也一樣，目前國內能夠作戰的勇者只剩下三個人，不管他們願不願意，戰鬥工作都落到了「川本龍臣」、「笹木大地」、「八坂學」這三人的頭上。

龍臣這幾個月以來也因為前去西方的大國，葛拉納多斯帝國出任務，完全沒收到關於聖都的消息，直到最近才終於看到相關的報告。

由於國境一帶的治安明顯惡化，犯罪橫行，上層似乎是不想讓多餘的雜事害他分心，才刻意封鎖這些消息的。

「這樣大家就能喘口氣了。我也很想念床鋪呢，龍臣大人。」

「只要再忍一下就好了，莉莉絲。這次雖然也是漫長的旅程，但通過托其卡城之後，前面就是瑪哈・魯塔特了。也請各位再稍微努力一下吧。」

他對名為莉莉絲的少女露出帶著疲憊的微笑。

她原本是聖女，現在則是龍臣的女朋友兼祕書。

聖女這個職業擅長使用回復系魔法和防禦魔法，儘管不及法皇，但是聖女使用這些魔法的效果與神官和祭司相比，有接近兩倍的差距。

像這種遠征的大部隊都會想要有一位聖女在隊上。

「不過龍臣大人，我們收到了聖都的大神殿毀損的消息吧？還有岩田大人也亡故了……」

「這點我實在難以置信。岩田作為一個勇者而言雖然是最差勁的傢伙，但他絕對不弱。他唯有防禦力和力量比我們任何人都高。這表示轉生者強到這種程度嗎？」

「光憑一份報告，我們也沒辦法得知詳情。而且他好像很久之前就亡故了……為什麼會到這時候才告訴我們呢？」

「這我也不知道。不過可能是因為我們到西方遠征，上層不想害我們內心動盪不安吧？」

勇者岩田的死因有許多不明之處。

報告上是有提到他和轉生者交戰一事，可是關於他如何落敗的詳細內容卻省略不提，只寫了獸人族開始採取組織性行動，以及魯達・伊魯路平原至少有兩位轉生者這些曖昧又不完整的情報。

雖然說岩田是因為交戰時受了傷，返回聖都後很快就過世了。可是龍臣很清楚，岩田不是那麼有責任感的男人。

他甚至敢斷言，岩田絕對不會賭上性命去完成任務。

「真奇怪……岩田的部隊被打得潰不成軍這我可以理解，可是那傢伙應該在事情演變成這樣之前就會率先逃走。實際上在一年前的戰爭中，他就放棄了指揮官應負的責任逃跑了。」

「……是啊。」

「而且我搞不懂轉生者。原以為他們是會幫獸人那種野蠻人種撐腰的傢伙，但出乎預料的是，他們之中也有協助我們聖法神國的人在。」

「啊……我記得是『腐．女子』大人吧？」

「……她的作品就算是說客套話，也不是什麼像樣的東西就是了。」

轉生者，腐．女子。

她在街角販賣色情同人誌的時候遭到逮捕，還因為道德倫理問題而鬧上了法庭，可是她熱情地陳述百合與薔薇這些廣大的愛情世界，反而成功籠絡了法官們。

雖然她現在公然為國家販售色情同人誌，多少對財政有所貢獻，然而受到她的活動激發的作者和出版社也因此增加，甚至發展成了方向有些奇怪的文化革命。

這股風氣也讓腐．女子更是熱血沸騰，使她的作品內容變得更為激烈，產生了惡性循環。

愛情世界到底消失到哪裡去了呢。

『全都是些充滿欲望，強烈到讓人難以接受的故事啊……』

就連古時的煽情詭異加低俗的流行文化都不算什麼，單純只是順從著欲望的作品就此誕生。

老實說他內心是覺得這樣繼續販售下去真的好嗎，可是隨意取締一定會出現反彈聲浪，這才是最讓人頭痛的地方。

而且這也關係到財政問題，所以處理起來就更麻煩了。

龍臣是認為上層應該要審查內容，或是現在再重新認真思考一下何謂藝術。

「……那本書是和我同期的女孩子寫的喔。」

「這玩笑還真不好笑。」

和莉莉絲同期的聖女宣稱「所謂的愛，絕對不僅是幸福與美麗的事物！既然有可能由愛生恨，當然也有可能會造就出悲劇！我想讓大家知道這些情愛造的業有多深重」。

雖然聽得懂她在說什麼，然而她所做的事情卻是創作徹底暴露出她個人嗜好的作品。

作品在輸出對象的國民之間造成了教育問題，這可不是四神教，而是腐教了。

「而且還有其他有問題的作品啊……我不能接受那個像是抄襲哏總集篇的書。」

「龍臣大人有說過那個作品缺乏獨創性呢。」

販售作品中也包含了給低年齡兒童看的作品，可是內容卻是把某知名作品和美式漫畫全都混在一起，就算說的客氣點，也不是有益於兒童教育的內容。

畢竟劇情一團亂，故事的開頭跟結尾的內容有著非常大的轉變。

舉例來說，本來是為了成為海賊王而出海的，最後卻變成在跟宇宙帝王戰鬥這種莫名奇妙的發展。

主角不斷地反覆進行世代交替，或是不知道為什麼從途中開始轉變成機器人系列，對於讀者來說這發展的轉變實在太大了，根本搞不懂。

販售完全無視故事性的書籍本身是個問題，但最大的問題還是這世界的娛樂少到大家連這種書都能接受。

就算是令人不禁皺眉的爛作品，對這個世界的居民來說仍是能樂在其中的良好刺激。

「那些書……都沒經過審查吧～」

「那個部門……我們已經拿梅提斯聖法出版無計可施了。」

連勇者都應付不了的危險部門。

畢竟只要去陳情，他們就會用歪理來轉移焦點，最慘的情況下還會硬是被撬開踏往新世界的大門。

似乎有很多因此踏上百合與薔薇之路的受害者。

「總覺得忽然不想回聖都去了。」

「我能理解。」

總算結束漫長的任務得以返回聖都，兩人卻漸漸開始抗拒起回去這件事。

就算好不容易回到聖都，八成還是得忙著處理那些多餘的工作，沒空休息。

「勇者是為了做這種事情而存在的嗎？根本就把我們當成打雜的吧。」

「畢竟光是維護治安就忙得焦頭爛額了，最近甚至還要陪上層的人商量他們的煩惱。這也表示國內情勢混亂到了這種程度………咦？那是什麼？」

在他們正好可以看見托其卡城的外圍城牆時，發現到城鎮中心處升起了黑煙。

「是失火了嗎？不好，得趕快去幫忙滅火才行。」

「請等一下。剛剛有什麼……咦？」

從升起黑煙的位置附近突然冒出了一道貫穿天空的火柱。

同時飛起的巨大身影。

「那、那是什麼啊！」

「是龍？不，說是龍感覺又太邪惡了……」

「該不會是那玩意兒襲擊了城鎮吧！」

聖騎士們之間一片譁然。

龍不是人類可以對抗的魔物，某些種類甚至可以摧毀一個國家，相當於大自然的威脅。尤其是龍王級的龍，說是災厄也不為過。

「那就是龍……我還是第一次看到……」

「為什麼會在這種地方……」

龍臣和莉莉絲驚愕不已。

追根究柢，龍是棲息在法芙蘭大深綠地帶深處的魔物。

比起捕食人類，在那裡狩獵大型魔物更能填飽牠們的肚子。所以龍很少會來到人類居住的區域，就算出現，也會立刻回去原本的棲息地。

因為龍擁有足以理解這件事的智能。

「那種魔物為什麼會在這種地方……」

龍臣及聖騎士團的目光全都聚集在飛舞於天空的漆黑巨獸身上。

龍在托其卡城上方盤旋一圈後，朝著北邊飛走了。

「那個……龍臣大人？不去看看城裡的狀況嗎？」

「啊！對喔。全軍，立刻往托其卡城前進！」

聖騎士團鞭策著疲憊的身體，跑了起來。

率先進入城裡的騎馬隊為了確認受害情況及救助民眾，朝著四面八方散開。

而從城裡的神殿相關人士那邊收到的報告內容，讓龍臣得知了驚人的事實。

「受害的全是神殿或教會，這到底是怎麼回事……？」

從托其卡城得到的消息及報告來看，龍臣無法理解襲擊城鎮的龍的行動。

漆黑的龍襲擊的地方只有四神教管理的神殿或教會，其他的建築物沒有遭受任何損害。受傷的人也多半是祭司或神官，碰巧前來祈禱的一般市民頂多就是受了些擦傷程度的輕傷。

應該說真要追究的話，從以前開始就分別有人在梅提斯聖法神國各地看到這條龍，早有好幾個四神教的設施遭到破壞了。龍臣很疑惑，不知道為什麼至今為止都沒人通知他這些消息。

「這是怎樣……簡直就像是那條龍跟四神教有仇一樣嘛。」

「根據報告，其他城鎮和村落似乎也發生了同樣的事。目前有二十一處的神殿和教會毀損，不過一般民眾沒受到什麼損害。」

魔物基本上只會將包含人類在內的其他生物視為食物。

雖然少數魔物會將其他生物當成繁殖用的道具，但大多都是視為生存所需的糧食。

這魔物卻專挑四神教的設施下手，只讓人覺得這魔物心懷恨意。

「只是巧合？不，這不可能是巧合。怎麼想都是刻意為之的……可是……」

「龍臣大人是認為如果是龍，應該具有很高的智能，所以刻意鎖定神殿或教會下手，也是相當有可能發生的事情嗎？」

「可是我不知道那條龍為什麼要攻擊這些設施，這個國家對那條龍做了什麼？」

龍是在最強種族中占有一席之地的生物。

正因為是強者，所以除了捕食活動外，不會去襲擊其他生物，但是在地盤遭到侵略或是孩子有危險時，便會露出凶猛的一面。

沒有龍棲息在人居住的區域裡。就算有也是亞種的飛龍等，屬於小型飛龍種的生物。龍和人類扯上關係本身就是件難以想像的事。

可是現在既然已經受害了，只能推測是人類做了些什麼干擾到龍的事情。

「……唉，再繼續想下去也不會有答案。先去幫忙災後復原工作，再送相關報告到瑪哈．魯塔特去吧。」

「也只能這麼做了呢。畢竟就算想了解原因，也不可能去問龍。」

「唉～這個國家到底變成怎樣了啊？災難接連不斷嘛。」

「天曉得呢？我也什麼都不清楚……」

前聖女和勇者只能嘆氣。

◇◇◇◇◇◇

自從馬魯多哈恩德魯大神殿毀損後，米哈洛夫．威爾薩皮歐．馬克列耳法皇七世就過著頭痛不已的每一天。

政治據點轉移到古老的聖堂，每天都有處理不完的雜事。

能夠戰鬥的勇者所剩無幾，北邊有獸人族謀反，周遭諸國還對他們施以經濟制裁。

就連有缺乏糧食問題的伊薩拉斯王國都不再對他們唯命是從了。

這也是因為伊魯瑪納斯地底通道開通後，伊薩拉斯王國可以從索利斯提亞魔法王國那裡獲得糧食援助。伊薩拉斯王國原本人口就不多，所以光是有小國的援助就夠了。

「為什麼、為什麼到了我這代會發生這種事……」

他又吐出不知說過多少次，帶著煩惱的怨言。

手上握著厚重的報告，是個野心家的現任法皇流露出他的不甘心。

「短期外交方針及對策」

「神聖魔法價值低落的因應對策」

「召喚勇者的魔法陣消失及聖都瑪哈．魯塔特遭受破壞的損害情況」

「地獄軍團災後復興狀況」

「如何紓解由於勇者不足造成欠缺戰力的問題」

「魯達．伊魯路平原勢力現狀」

「各地神殿及教會遭受襲擊之損害情況」NEW

面對種種嚴重的事態，他無計可施。

雖然報告沒有依照時間發生的順序排列，但不管哪個都是沒辦法輕鬆解決的問題。

既然已經不能再召喚勇者了，未來恐怕沒機會再增加擁有強大力量的兵力。

就算和周遭諸國的關係可以靠外交來處理，照現況也很難繼續維持聖法神國的權威性。

「鹽的交易管道掌握在小國手上，和伊薩拉斯之間的金屬交易管道又處在被索利斯提亞和阿爾特姆獨占的狀況下。民眾尋求神聖魔法治療的需求也因為回復魔法卷軸的販售而明顯下滑。我們明明處在這樣的狀況下，四神卻沒有下達任何神諭……」

米哈洛夫搞錯了某些事。

對於四神教而言，四神是絕對的，為了遵從四神的教誨，他們訂定了嚴格的管理制度。

可是隨著時代轉變，制度也需要不斷的改變，舊有的體制無法維持國家的運作，為了守護國家的權威，他們一再摸索並採用新的方針。

若是不需要這個方針了，他們也會立刻廢止。

召喚勇者來確保戰力或是販售色情同人誌等行為也不過就是達成目的的手段。

然而四神所追求的是娛樂。

四神只把人類視為是用來創造出娛樂的道具，也沒有優待特定的國家。梅提斯聖法神國單純是方便使喚的僕人，一旦不需要了，四神便會立刻捨棄他們吧。

因為有著嚴格管理體制的社會，對於期望娛樂產業發展的四神來說毫無意義。

簡單來說就是信奉四神的人類，和受人類崇敬的四神之間有著莫大的鴻溝。而且四神只要能發展娛樂產業，不管是哪個國家都好，沒必要執著於聖法神國。

對四神來說，除了自己的欲望之外，其他事情真的怎樣都無所謂。

「稟報法皇大人，聖女大人似乎接到了四神的神諭，可是……」

「喔喔，有藉此得到什麼有用的情報嗎？像是足以跨越這場危機的重要情報。」

「這個，神諭似乎是說四神也不清楚那條龍的來歷，政治的事也說不在她們的管轄範圍內……」

「也就是說四神什麼都不知道，也不打算干預嗎？」

「關於那條龍，神諭只說了不知道到底是什麼……」

「這樣啊……辛苦你了。」

目送前來報告的祭司離去後，法皇帶著鬱悶的表情抬頭望向天花板。

內憂外患。這句成語閃過他的腦中。

梅提斯聖法神國中愈是接近政治中樞的人愈是腐敗。米哈洛夫也曾是貪腐祭司的一員，所以他很清楚。樞機卿等位階的人過著不輸貴族的奢華生活，最下層的國民卻受貧困所苦。

貪汙行為橫行，聖騎士中也有不少和罪犯關係密切的人。

就算想重建國家，大部分的預算也都因為無謂的浪費而消失了，所以可以想見在目前的狀況下會有多辛苦。

簡單來說就是自作自受。

「因為有安排異世界人行動，所以應該可以暫時壓住國民們的批判聲浪，不過這也只是時間早晚的問題……」

獲得復興資金以及建構新的交易管道。為了消除國民的不滿情緒，不管有多少預算都不夠用，現有的預算還很少。

就算想借用神的智慧，神也完全不關心人類的政治。

在這個當下，狀況也持續在惡化。

「要是至少能夠重振經濟……」

以聖都為首，各地的產業和商務都遇到了嚴重的阻礙，使得復興作業進度大幅落後。

復興進度落後也招致治安惡化，導致盜賊四處作亂。儘管派了之前在帝國國境處出任務的「川本龍臣」，和原本就在負責維護國內治安的「八坂學」討伐盜賊，仍沒有太顯著的效果。

其他的勇者也大多生死不明，原本扮演監視角色的「四神教血連同盟」和異端審問官現在都失去了原有的作用。

在寥寥數月之間，他就失去了許多的手牌。

「這個國家……說不定已經不行了……」

權勢和財產一旦人死了，就沒有意義了。

所以米哈洛夫才會執著於名聲，想要作為一個聖人，將自己的名字永遠流傳下去，但走到了這一步，他的野心也快要以失敗告終了。

轉生者這些來路不明的人們暗中活躍著，使得周遭諸國開始反對梅提斯聖法神國的作風，在戰爭上則是屢屢敗北。

能夠留名青史是他唯一的願望，可是照現在的狀況，他不過就是眾多法皇中的其中一人罷了。

他甚至連「為什麼事情會變成這樣？」的原因都不曉得。

說穿了，這國家過去強迫周遭諸國接受他們的要求，只是剛好到了米哈洛夫這一代，該要償還前面所欠下的那些債了。

「可是我無法放棄……永遠……讓我永遠……」

米哈洛夫執著於讓自己的名字永遠流傳下去的野心，已經膨脹到了就算否定現實，也無法放棄的程度。

那是擁有野心之人必須背負的業。
就算那是虛幻的夢想，也沒人能夠責怪他。
因為人的歷史就是在這種想法的累積之下誕生出來的事物——

◇ ◇ ◇ ◇ ◇ ◇

人類無法踏入的位相空間，「聖域」。
兩位女神正在此面面相覷。
「唔～啊～～～溫蒂雅跟蓋拉涅絲上哪去了啊～～！」
「最近都沒看到她們呢……唉，反正應該是上哪閒晃去了吧。擔心她們也是白費工夫。」
「說是這樣說，可是聖女們很煩人啊。她們好像覺得只要來拜託我們，什麼事情我們都會透過神諭回答她們耶～！」
「過陣子她們就會回去了吧。」
雖然被稱為四神，但基本上這些女神都很自我中心。
不關心自己想要的東西以外的事物，就連對待夥伴的態度都很隨便。
「她們一定是在哪裡發現有趣的玩意兒了啦～～！」
「蓋拉涅絲先不論，溫蒂雅的話確實有可能呢。畢竟她本來就很愛亂跑。」
「阿奎娜塔，妳那邊沒有什麼有趣的消息嗎～？我閒得發慌啊～～～」

「怎麼可能會有。比起那種事，妳可以不要浮在空中滾來滾去嗎？看了很煩耶。」

「好～開～喔～對了，阿奎娜塔，妳全身脫光來跳個舞好了。反正妳本來就穿著很透的衣服，脫了也不會覺得害羞吧。」

「誰要跳啊！」

弗雷勒絲和阿奎娜塔還一副悠哉的樣子，完全不知道溫蒂雅已經被某個前邪神給封印，還有蓋拉涅絲早已背叛了她們的事實。

非人的她們根本不在乎地面上發生的事。

她們總是只想到自己。

◇　◇　◇　◇　◇　◇

蓋拉涅絲睜開迷茫的睡眼，從最愛的睡夢中醒了過來。

她環顧周遭，發現自己四周是木造的牆壁，溫暖的陽光從窗外照了進來。

「呼啊～換個枕頭吧。」

愛睡懶覺的前女神為了繼續睡下去，將手伸入位相空間。

她雖然失去了神的力量，但她原本就是地屬性，所以能夠操控重力。現在仍留有利用操控重力來製造出簡易的位相空間，或是移動到其他地方的能力。

不用說，她當然利用這種操控空間的能力努力製作了像是道具欄或是儲藏空間那樣的倉庫來用。

若是為了滿足欲望，她將不惜付出任何勞力。
她想要的是軟綿綿的抱枕，可是這時候她卻發現這東西意外的有彈性。
蓋拉涅絲下意識地拉出了那個東西。
接著應該已經被阿爾菲雅．梅加斯封印的風之女神（正確來說是前女神），便從連接著蓋拉涅絲打開的異空間的洞裡被拔了出來。
照這樣看來是封印空間和蓋拉涅絲的異空間倉庫連在一起了，不過不清楚狀況的蓋拉涅絲就只是疑惑的歪著頭，一臉不可思議的樣子。
「……溫蒂雅？」
「…………唔……蓋拉涅絲。妳幫我……解開了封印嗎？」
「封印？妳在說什麼……我的枕頭呢？」
「邪神奪走了我的力量，把我封印起來了……啊，得通知大家邪神復活了……才行…………真麻煩。」
「？」
就算聽到她說邪神，蓋拉涅絲也搞不懂她是在說什麼。
因為蓋拉涅絲信奉的是睡懶覺的睡衣神。
「我不太懂妳在說什麼，不過我的枕頭在哪裡？」
「……枕頭？我沒看到。」
「在哪裡？我最喜歡的枕頭。」

「……我不知道。」

「…………」

蓋拉涅絲因為找不到喜歡的枕頭而絕望了。

雖然臉上的表情看起來像是在發呆，但她確實絕望了。

然後她便抱著溫蒂雅代替枕頭，鑽進了被窩裡。

「……妳在做什麼？」

「拿溫蒂雅當抱枕。晚安……呼啊～」

「……不懂妳在說什麼。比起那個，邪神……該怎麼辦？」

從窗外照射下來的陽光，與充當抱枕的溫蒂雅恰到好處的身高及柔軟度產生了相乘效果，愛睡覺的前女神馬上墜入了夢鄉。

「……她還是老樣子，一下就睡著了。而且……好難受。啊唔…………快失去意識了……」

溫蒂雅就這樣被抱著，無法動彈。

明明得通知另外兩位女神邪神已經復活的消息，可是蓋拉涅絲一旦入睡，就很難醒過來。真要說起來她就算醒著，也幾乎都處在睡傻了的狀態下……

情況如此緊急卻無計可施，變成了抱枕的溫蒂雅。

然而她的地獄才正要開始。

這個什～麼寢具都想要的前女神一旦抱住就不會放手，而且還會像鉗子一樣用力夾緊。

溫蒂雅因為被夾緊的痛苦而反覆失去意識又醒來，不斷承受著地獄般的苦難。

◇◇◇◇◇◇◇

同一時間。要說起這時的傑羅斯在做什麼——

「地下倉庫的裝修大概就這樣吧……不過擴建得太大了吶。」

大叔本來是要改建原本用來放阿爾菲雅培養槽的房間，結果一時興起，就把整個地下室大翻修了。

具體來說是他用魔法將前往地下室的通道再往下挖，將原有的房間用土埋起來，在別的位置重新建構起新的房間。

問題是他把這房間建造得太大了，又完全沒想過這裡的用途。

就算拿來當成倉庫都大得過頭了。

「嗯～是不是該在天花板上裝設吊車啊？畢竟就算用來放失敗作，也還有很多空間啊～該做點巨大的玩意兒嗎～」

機車已經做了。他手上也有漂浮機車了，既然這樣接下來要做的就是飛機或船，可是做那種東西也沒有意義，而且太大了。

照這樣來看製作汽車大小的東西比較剛好，可是做跟亞特一樣的輕型高頂旅行車又很無趣。

「……該試著製作戰車嗎？」

儘管他的思考邏輯實在太跳躍了，然而遺憾的是現場沒有會吐槽他的人。

大叔一心忠於追求男人的浪漫，根本不在意這些事。

「嘿嘿嘿……只要拿漂浮機車的黑盒子來運用，製作漂浮坦克恐怕也不是夢啊。乾脆再加上88公釐高射砲好了。」

為了興趣連常識都可以拋棄。

說來說去，這個大叔畢竟仍是殲滅者之一。

兩天後，大叔帶著茨維特和瑟雷絲緹娜，還硬是把消沉的回到桑特魯城的好色村給拖下水，一行人跑去攻略迷宮了。

第五話　聖法神國的劍豪

一道巨大黑影穿越地下水道。

兩道小小人影追著那巨大黑影，正展開激烈的戰鬥。

火花和混著腐臭味道的漆黑血液在陰暗的下水道裡飛濺四散，讓原本就充滿惡臭的下水道又被更濃烈的惡臭給掩蓋過去。

「這傢伙還真耐打啊。大多數的敵人都一砍就死了，不過這傢伙很有一砍再砍的價值嘛。」

「讓我們費了不少工夫呢。雖然我個人是很不想到這種地方來。」

這兩人的東方風裝扮與類似中世紀西洋文化的這塊大陸相當不搭調。

一個是身上帶著刀，年紀看起來五十多歲的男人，另一個是看來二十歲上下，做忍者打扮的女性。

兩人的名字分別是「榊玄真」和「榊梢」（原名梢・哈芬）。

說穿了他們正是楓的父母，由於種族是精靈，所以實際年齡遠大於外表給人的印象。

兩人是傭兵，也是專以懸賞犯為目標的賞金獵人。

然而光靠賞金沒辦法維持日常生活，所以他們偶爾也會像這樣來討伐魔物。生活拮据和傭兵有著想切也切不斷的關係，這點對於玄真他們來說也是一樣的。

兩人碰巧來到梅提斯聖法神國，在傭兵公會接下了討伐棲息在下水道的神祕生物的委託，和幾個傭兵小隊一同前來調查下水道。

然後就這麼巧的遇上了那個魔物，進入了戰鬥。

和玄真分開的其他傭兵已遭魔物吞噬，剩下的現在還在調查下水道，沒能跟他們會合。所以實際上他陷入了必須和梢光憑兩人之力討伐魔物的狀況。

「梢，妳專心追蹤就好。我來解決這傢伙。」

「親愛的……我覺得差不多該洗個澡了，可是今天下榻的旅館有澡堂嗎？」

「妳啊……在這種時候擔心澡堂的事？」

「這可是很重要的事情喔？我們跑來這麼髒的地方工作，要是沒在旅館好好洗乾淨，是會生病的。」

「唉，是這樣沒錯啦……」

地下水道——簡單來說就是排放家庭用汙水的水道，不過當然會有一些髒東西隨著汙水一同流入這個下水道，肯定也有大量的細菌繁殖。

就算說得再好聽，這地方都絕對稱不上乾淨。

「可是這怪物……到底是怎樣啊？」

「喂，一直怪物、怪物的叫人家很失禮耶！我又不是自己想變成這副德性的！」

「而且話還說得這麼流暢。我至今可沒看過這種怪——噁心的生物啊。」

「你途中改口了吧！你說誰噁心啊！」

「大姊頭，我們的樣子不管怎麼看都很噁心啊？」

「對方的體貼反而更傷我們的心啊～～！」

「好痛，心好痛喔！」

從身上無數的口中分別吐出了不同的話語。

畢竟這魔物的外觀看起來像蜈蚣，從感覺是頭部的位置長出了女性的身體。而且非常巨大。身體表面看起來不是甲殼，像是人的肌膚，可是身上各處都長有無數的眼球和嘴巴。再加上身上那無數的腳全是人類的手腳。

這不用噁心來形容，也找不到更好的形容詞了。

是個貨真價實，如假包換的怪物。

「唉，你們是什麼東西這件事，其實也不重要。我只要能砍死你們就好了。」

「你對於要下手砍女人這件事都不會遲疑的嗎！」

「妳以為我會遲疑嗎？你們到這裡之前吃了多少人啊。還想繼續當人的話，還是早點死死比較好吧。」

「我殺那些打算動手殺人的傢伙有什麼不對啊！」

「反過來說，我殺妳這個殺人吃人的怪——噁心生物有什麼不對？」

「我是無所謂啦！因為我早就決定好未來要存一筆大錢，在好男人的包圍下度過餘生了！」

「……用妳這副模樣嗎？」

「唔……」

這句無法反駁的辛辣發言戳到了她的痛處。

確實以她現在的樣子，男人根本不可能會接近她，就算存錢也只會變成吸引傭兵前來的材料。最重要的前提是她甚至不是人，所以說這話也毫無意義。

她只是把自己的欲望說出口，實際上那不過是不可能實現的夢想。

「好了～說廢話的時間結束了。繼續動手吧。」

「嘖……真麻煩。既然這樣的話……」

怪物的腿瞬間膨脹變大後，發出噗吱噗吱的噁心聲音，脫離了本體。

那條腿——肉塊噁心的蠢動著並改變了模樣，化為了扭曲的人形物體。

「喂喂喂……這傢伙是割下了自己身上的肉來製作分身嗎？」

「唔呼呼呼，還會再增加喔？畢竟我有很多能拿來當手下的材料啊。」

「難道妳是指妳吃掉的人嗎！」

「答對了。裡頭也有你們的夥伴在，所以好好陪他們玩玩吧。我會趁機逃走就是了。」

從接連增加的肉塊中誕生的怪物分身。

其中有由兩個人類的下半身組成的個體，也有上半身分成了兩個的個體。分身們分別拿著以骨頭製成的武器，緩緩逼近玄真。

另一方面，本體或許是因為製作了分身吧，身體看起來小了兩圈。

「……妳這其實是苦肉計吧？妳縮水了不少喔。」

「可是我的身體也此變輕了啊。也順便把礙事的傢伙切割出去了，我要趕快離開這裡了。」

「給我站住……唔！」

從身體上長出了八隻手臂的分身手拿骨製的長槍，想刺穿玄真似地衝了過來。

玄真雖然臉頰被劃傷，但他連忙躲開，使出一記橫劈作為反擊。

其他肉塊也動了起來，一同逼近玄真。

「真麻煩……不過事情變得有趣起來了啊！」

儘管為數眾多，這些分身卻不是很強。

他以手上的刀「雪風」一陣猛攻，擊倒了分身。

「沒用的，妳以為這種貨色能攔得住我嗎！」

「是這樣嗎？」

「什麼！」

突然從背後傳來的氣息。

玄真急忙跳離原處後，只見方才被他斬斷，只剩下半身的怪物又長出了新的手臂，朝他襲來。

應該說被他打倒的所有怪物全都長出了手臂或腿，甚至是頭、嘴或眼睛，襲向玄真，企圖吃了他。

「這、這些傢伙是怎樣……不對，之前我也跟類似的傢伙交手過。該不會是那種藥的受害者吧！」

「這些傢伙的確不強，不過在這地下水道裡大量出現的話又如何呢？你已經來不及阻止我了。」

「喂喂喂……做那種事的話，妳只會一直縮水喔？」

「那也無所謂，變得愈小愈容易逃脫啊。而且我還辦得到這種事喔？」

如同蜈蚣的怪物模樣一瞬間縮成了肉塊後，身形變得像繩子一樣細長，滑進連小孩子都不知道能不能勉強鑽過的排水口。

那動作簡直就像是蛇。

就算玄真立刻用雪風砍了下去，被斬斷的部位又再度接合起來，讓她給溜掉了。

怪物雖然具有質量，不過似乎能夠自由改變型態。最後只拋下了一句「殺得了我的話，你就試試看啊」，便不知道逃到哪裡去了。

留下的只有那些肉塊小嘍囉。

「真的假的……那玩意兒居然能做出那種事。這下委託算是失敗了吧？」

玄真斬斷衝上來的肉塊，同時體悟到自己已經無法完成委託了。

然而雖說只是小嘍囉，仍有危險的怪物留在現場。

也不能就這樣放著不管，他拚命的揮刀，想減少敵人的數量。

可是他砍下去敵人不僅不會死，不是再生成其他個體，就是融合後繼續攻擊。

這樣下去一定會發展成長期戰，讓本體溜掉。

「這些傢伙要怎樣才會死啊？他們會跟之前變成怪物的盜賊們一樣，不斷再生直到體內的養分用盡嗎？還真是留下了麻煩的伴手禮啊……」

玄真所說的是被索利斯提亞魔法王國及周遭諸國視為禁藥的魔法藥。

那種藥不僅會讓使用者變成怪物，最後還會合而為一，變化為巨大的魔物。

如果不把這魔物燒到不留半點痕跡，魔物便會無止盡持續捕食其他生物，威脅性和遇到龍時一樣危險。輕輕鬆鬆就能毀滅一個國家。

「如果真是這樣，這時候應該要逃跑才對……」

只是要撤退的話對玄真來說也並非難事。

可是現在出現了他無法放著這些肉塊怪物不管的理由。

「……殺、殺了……我……」

「媽媽……在哪裡……？我看不到……這裡……好黑……」

「讓我死……快點……」

「嘖……這什麼讓人事後睡不安穩的狀況啊。可是我該怎麼讓他們成佛才好。這些肉塊就算砍了也會馬上再生啊。」

玄真是很想去追逃走的怪物本體，可是他也沒辦法拋下這些可憐的受害者不管。可以的話他甚至想幫他們做個了斷。

儘管性質類似，可是不知道為什麼，他不認為這和他以前交手過的怪物是同樣的東西。

「雖說一口氣燒掉就好了，可是我很不擅長用魔法啊～」

玄真明明是精靈卻很不擅長使用魔法，就連攻擊魔法都用不好。

強大的魔力也都加諸在武器上，專精於武技，所以基本上他只會揮刀殺敵。

成群的扭曲人體被有別於自身的其他意志操控，不斷攻擊他，害玄真只能一邊避開攻擊，一邊努力思考解決之道。

「喂，梢。來幫忙一下……梢？」

這時玄真想到可以請擅長魔法的梢來幫忙。

可是他卻沒看到妻子的身影。

順帶一提，梢自稱職業是忍者後已經過了二十年以上，這段期間內玄真連一次都沒看過她使用魔法。

「喂，人上哪去了啊？梢！梢！」

「親愛的，裡面有這麼多寶物耶！」

梢雙眼閃閃發光的跑了回來。

手上拿著幾本色情同人誌……

「啥！妳為什麼會撿那種東西……不對，重點是男色本為什麼會被丟在這種地方啊！是說那東西髒死了，拿去丟掉！」

「怎、怎麼這樣……居然要我丟掉這麼珍貴的寶物……你是鬼嗎！」

「那玩意兒被丟在這種髒兮兮的地方耶！要是因為這樣生病了怎麼辦！」

「這些書確實都濕透了，不過只要努力一下，還是可以看的。」

「妳以別種意義上來說已經生病了嗎……讓這種書流行起來的笨蛋到底是誰……唔喔！」

來自肉塊的觸手攻擊。

儘管知道在戰鬥途中分心是很危險的事，他還是忍不住想吐槽妻子的行為。

梢雖然要把書拿去丟回原本的地方了，卻還是捨不得丟地不斷回頭偷看玄真。

可是不管是作為一個男人還是身為丈夫，他都無法對這些ＢＬ本坐視不管。可以的話他甚至想要把這世上的ＢＬ本全都處理掉。

「你……還真辛苦啊……」

「你太太……病得很重啊……明明……是個美人……」
「那些書，就教育層面來看……確實……不好……」
有一部分的受害者很同情他。
「那個可是……好東西喔？」
「可以接受百合，卻不能接受薔薇……太奇怪了！我……不能……接受……」
「男人總是這樣……反對……男尊女卑……」
「愛是……平等的。而且……唔呼，好男人♡」
另一部分的受害者則是批評他。
雖然裡面好像混了個不太對勁的人……
「你們變成那個樣子，還這麼從容啊……你們不死也無所謂吧？」
「「「「那可不行！」」」」
看來他們確實很想早點解脫。
可是能夠拯救他們的梢垂頭喪氣的消失在地下水道深處。由於這段期間內他們仍不斷出手攻擊，玄真大概感覺得出來，這也是因為他們沒辦法自由的掌控身體（？）吧。
躲開他們的攻擊是不難，只是一再反覆這樣的行為，他也開始煩躁起來了。
在這個狀態持續了約一分鐘時，梢從裡面無精打采的走回來了。
不知她是依依不捨還是悲傷難耐，但她不斷停下腳步回頭的樣子，實在是太不死心了。
「讓你久等了……」

「喔，我確實是等了很久。事不宜遲，妳趕快讓這些傢伙解脫吧，因為我不會用魔法啊。」

「我知道了。我會化悲憤為力量，將他們不留痕跡，連灰塵都不剩的徹底燒光的。」

「「「「這是遷怒吧！」」」」

可憐的受害者們要被腐女太太的復仇給消滅了。

玄真也不免有些同情他們。

「『操線封縛』。」

他用拋出並張設在周遭的線綁住人形肉塊，暫時封住了他們的行動。

線的強度因為經過魔力強化，堪比鋼鐵。

可是肉塊開始自我切割，蠢動著企圖脫離束縛。

「『地獄赤炎』、『火炎爆破』。」

地下水道內刮起紅蓮之火。

肉塊瞬間變成了焦炭，爆炸衝擊波在狹窄的下水道空間內加速，將一切都不留痕跡地炸飛了。

「唔喔喔喔喔喔喔喔！」

玄真和梢為了逃離爆炸衝擊波全力狂奔，拚命地想遠離衝擊波的影響範圍。

他們不記得自己跑過了哪些地方，但是兩人在正好可以看見出口的地方對彼此點了點頭，算準了衝出去的瞬間，分別跳往左右兩側。

烈焰險險擦過他們身旁，熱氣燙著兩人的肌膚。

「……呼、呼，差點就沒命了。」

「啊啊……這樣那些寶物也都化成灰了……我本來想說之後再去撿回來的……」
「妳到最後還在想這件事喔！」
玄真總覺得最近妻子好像去到了某個很遙遠的地方。
不管怎樣，兩人都沒能成功的討伐棲息在地下水道的魔物。

◇◇◇◇◇◇

其他接下委託，前來討伐棲息在地下水道的魔物的傭兵們，碰上了神祕的蜈蚣女。
數十位傭兵組成的小隊有一半以上的人遭到反擊，他們大多被殺害、吞噬，成了怪物的一部分。
「別、別過來……別過來啊！」
從蜈蚣女身上長出的無數手臂抓住了傭兵，扯斷他的四肢，最後整個人消失在蜈蚣女全身上下張開的無數嘴巴之中。
身體上的眼珠捕捉到獵物所在的位置，將他們一個又一個的吞噬殆盡。
「怪、怪物……嘎啊！」
長在怪物頭部位置的女性身體腹部上有張特別大的嘴，那張嘴一口咬下了抓到的傭兵的頭，剩下的身體部分則是被其他嘴巴飢渴地撕裂分食。
「撤、撤退！現在立刻撤離這裡！」
「開什麼玩笑，我們哪能應付這種怪物啊！」

「快逃啊！」

地下水道裡充滿了血腥味。

成群的老鼠衝向那些曾是傭兵，如今散落一地的肉片，彷彿不想讓人撿去半點便宜。

「唉～真討厭～居然這樣整群人追殺一個女人。」

「大姊頭，我們現在的樣子哪裡像女人了啊？」

「完全是怪物吧。」

「就算變成了這個樣子，肚子還是會餓啊……」

「都給我閉嘴！」

他們藉由吸收打倒的傭兵來補充在先前的戰鬥中失去的肉體。

既然已經出現了討伐隊，就表示他們能繼續潛藏在這個地下水道的時間不多了。

雖然大多數的傭兵實力都不怎麼樣，但問題就是裡頭會混著一些高手。

怪物——莎蘭娜他們是所謂的惡靈，只有生命力異常的堅韌，戰鬥能力絕對稱不上強。

儘管從吸收的對象身上獲得了許多技能，但他們無法靈活運用所有的技能，說穿了比樣樣通樣樣鬆還糟糕。

比方說莎蘭娜原本會用潛入影子裡的「潛影術」，現在卻因為受到其他吸收進來的人的技能妨礙，反而無法使用。

簡直像是那些吸收進來的人在扯莎蘭娜的後腿。

她現在能使用的只有化為怪物後新獲得的「分裂」和能改變自己身形的「變形」，還有「強酸」等技能。

勇者們那些方便的能力也一樣，除了一小部分外完全沒有發動。

用現在這怪異的模樣，幾乎不可能在不被人發現的情況下逃掉。

現在賞金獵人和傭兵已經組成了討伐隊襲來，打算殲滅莎蘭娜。

她是不在意為了自己犧牲他人，不過為了別人而犧牲自己這種事她可受不了。

「逃離這個下水道比較好呢。而且要應付討伐隊麻煩死了，我才沒空一一理會他們呢。」

「離開這裡還能上哪去啊。」

「我們可不是人類喔？沒辦法躲在鎮上啊。」

「既然這樣，就自暴自棄吧。襲擊每一個城鎮和村莊，累積力量！你們難道不想向這個愚蠢的世界復仇嗎？」

「「「的確……」」」

說到底，他們就是山賊或小混混一類的腐敗魂魄聚合體。

他們的共通點就是比誰都恣意妄為又暴力。因為適應不了一般社會，無法順利融入人群，是群遭到旁人排擠的人。

他們全都抱持著「我沒有錯，是無法接納我的這個世界不對」這種想法，具有自私的反社會人格特質。

說得簡單明瞭一點，就是一群覺得「我會窮困都是社會造成的」、「我這麼笨都是老師和父母的錯」、「社會不接納我全是周遭的人不好」，把自己素行不良的問題都怪罪到其他人頭上，就此活過這一生的意識集合體。

會把自己天真的想法強加在他人身上的人，根本不可能得到旁人的信任，然而他們卻意識不到這一點，只會自我中心的把責任推給別人。

然而就算只有魂魄，當擁有這種想法的魂魄聚集起來——成為一個集團時會怎麼樣呢？

答案是「做出極端的行為」。

「我不過就是動手揍了弱小的傢伙就被趕出村子。要是沒發生那件事，我就不會流離失所了……」

「我想殺了甩掉我的那個女人……」

「說弟弟比較優秀，不讓我繼承家業，拋棄我的臭老爸……那些財產明明全都是我的東西！」

「不過就是借用了一點營業所得，就解僱我的店長……我絕不原諒他！」

「沒錯！既然我們已經是怪物了，就向過去怨恨的那些傢伙復仇吧！為什麼我們非得過得這麼不幸啊！太不合理了吧！」

明明是自作自受，卻反過來怨恨別人。

然而他們的怨念由於將自己的行為正當化，增幅為更強的負面能量，接著又與其他受害者的怨念同步，得到更進一步的強化。

令人頭痛的是，就算從一般社會的角度來看，他們不過是惱羞成怒，但他們卻對自己的行為正當性深信不疑，所以才無可救藥。

過度膨脹的自我表現欲改寫了他們的認知，讓他們否定自己以外的一切事物。

——喔喔喔喔喔喔喔喔喔喔喔喔喔喔喔喔喔喔喔喔喔！

扭曲的醜陋怪物展開了行動。

在地下水道徘徊，不知道出口在哪裡，硬是打破了人孔蓋，爬進城鎮中。

「那、那是什麼玩意兒啊！」

「有、有怪物啊！」

「快逃！」

鎮上陷入一片恐慌。

怪物緊接著開始襲擊並不分對象地捕食不知該逃往何處的群眾。

現場有如充滿淒厲哀號的地獄。

◇◇◇◇◇◇◇

「賈巴沃克」享受著自由的天空。

明明有著彷彿會帶來災禍的外表，卻優雅的享受著空中旅程，反覆進行像是忽然想到一樣地襲擊四神教的神殿或教會，滿意了就撤退的行為。

望著每次都居於劣勢的聖騎士們無謂的努力，瞧不起他們的現身，嘲笑聖騎士們拚命攻擊的模樣。

要說賈巴沃克個性差，那也就是如此了，不過他們是被人擅自當成勇者召喚至這個世界，一旦沒用了，就被葬送在黑暗中的受害者。這種程度的行為還算是可愛的吧。

『接下來要襲擊哪裡？』

『挑大神殿下手比較好吧？把歷史性建築化為瓦礫的瞬間最讚了。』

『神官們一定會嚇得狼狽不堪吧。』

『那個法皇交給我來下手！那個臭老頭，我不會讓他死得那麼輕鬆的！』

『岩田……你是被殺的啊。不過我不想讓一条同學看到這副模樣耶～』

賈巴沃克的實力逐漸增強。

怨念獲得了實體，藉由阿爾菲雅·梅加斯的力量強化，現在化為了最強的魔物。

當然某個大賢者和獸人愛好者聯手出擊的話，賈巴沃克肯定會敗北，不過那些人不會與賈巴沃克為敵吧。

不如說他們反而會在一旁叫好，支持賈巴沃克。

還未和他們接觸過的賈巴沃克，今天也充滿活力的用巨大的身軀壓垮了大概兩間教會，完成了一項工作，不理會吵鬧的聖騎士們前往其他的城鎮。

他們的身影在夜間飛行時不易被發現，反而是城鎮的光線非常醒目。

當他們正在討論要不要再動手的時候，注意到了在上空也能看出的城鎮異狀。

『那是失火了嗎？』

『不，感覺不太對勁耶？』

『是戰爭？革命？還是叛亂？是農民起義嗎？』

『你說的那些全都差不多吧。到底是什麼狀況啊？』

『我們繞過去看一下？』

『『『『好啊！』』』』

在全場一致同意的情況下，勇者們的意見有了結論。

從極高的高空中緩緩降下後，他們沿著城鎮的外牆盤旋。

他們在那裡看到的是——

『那是啥啊？』

『怪物……』

『不，我們也是怪物吧？』

『真噁心……』

『噁……我快吐了。』

『生理上無法接受。那個有如體現了世界終焉的詭異生物是什麼玩意兒啊……』

那東西要用一句話來形容的話，就像是蜈蚣。

可是那模樣醜陋至極，使人產生生理性的厭惡。

賈巴沃克雖然也是類似的生物，但兩者相較之下，賈巴沃克的外觀還算是比較像樣的吧。至少還維持著生物該有的外型……

『要怎麼辦？』

『啊～我是覺得放著不管也無所謂啦，不過……』

『光看就覺得噁心耶。還是處理掉那玩意兒吧？』

『而且往後說不定會妨礙到我們。』

『我們和城鎮裡的人無冤無仇，還是救救他們吧。』

『哈，笹本真是天真耶。不過我贊成去對付那傢伙，正好可以打發時間。』

『笹本是在叫誰啊？』

『有太多笹本了，不知道是誰啦。我認識的人裡面就至少有五個人姓笹本……』

賈巴沃克——不對，前勇者們一邊在空中盤旋一邊確認城鎮裡的狀況。

那個怪物有著噁心、異常、駭人的外觀。

看起來像是在獵殺捕食城內的居民，逐漸成長。

最重要的是他們對於和自己相似的存在抱持著生理性的厭惡。

他們做出了決定。

『『『『消除這個討厭的感覺吧！』』』』

賈巴沃克稍微拉開距離後，揮動兩對翅膀加速，朝著蜈蚣怪物衝去。

魔龍ＶＳ醜陋怪物的戰鬥揭開了序幕。

◇　◇　◇　◇　◇　◇　◇

在這座城鎮裡當了二十年門衛的男人，這一天也堅守著自己的崗位。

一如往常的日常生活。

這天為了討伐盤據在地下水道的魔物，從早上開始就有隸屬於傭兵公會的傭兵潛入下水道，儘管多少有些吵鬧，日子依然平穩。

男人原本是這麼想的，日常卻突然遭到了破壞。

約在中午過後，魔物突然從地底湧現，同時接連襲擊城鎮裡的居民。儘管出動了衛兵負責討伐，也因為魔物的數量太多，逼得衛兵們只能一味防守，發展為連騎士團都不得不出動的狀況。在這段時間內犧牲者仍不斷增加，到了傍晚時分，眼前已是一片宛若世界末日的光景。

此起彼落的慘叫聲，城鎮裡全是血的腥臭味。大量的居民擠到了城門前。

糟糕的是這座城鎮的門為了防止敵人侵略，所以寬度很窄，而且只有東西兩側設有出入口。結果大批湧上的居民們塞住了城門，陷入了逃不出去的窘境。

更嚴重的問題是從怪物身上分離的肉片化為了人形怪物襲向民眾，其受害者又會變成新的怪物去襲擊其他人。

增加的人形怪物與形似蜈蚣的本體融合，只見怪物的體型變得愈來愈肥大。

沒錯，從地下水道出現的怪物吞噬了鎮上的居民。

「……這是惡夢。」

朋友、居民、傭兵、同事，大家都被吃掉了。

簡直就像是地獄。

雖說幸好門衛的家人成功逃出去了，不過也沒人能保證這個怪物不會追上去。所以他才留在這裡，試圖爭取一點時間。

其他的同事也和他一樣，可是他們一個又一個的被吃掉，人數逐漸減少。

「大叔，我們兩個運氣都不太好啊。」

「這也是工作啊，比起這個，西門不要緊吧？」

「我先前有看到做東方風打扮的一對男女傭兵在西門奮戰，不過現在不知道怎麼樣了。不管怎樣，我們看來命中注定就到此為止啦。」

「讓妻子和女兒逃出去了，算是唯一的救贖吧……雖說我本來希望至少能看到孫子的臉啊。」

門衛回過神來，才發現已經完全入夜了。

他和還年輕的男傭兵對彼此苦笑後，握緊了手上的劍。

已經無法回頭了。

周遭被原本是城鎮居民的人型肉塊包圍，門也已經完全關上，阻斷了退路。

男人能做的只有盡量多帶幾隻怪物上路而已，哪怕是多一隻都好。

和他是同事的衛兵只剩下三個人，傭兵們也不過五人。再加上逐步逼近的巨大化蜈蚣怪物。他已經做好自己將就此犧牲的覺悟了。

「我想至少砍那怪物一刀啊……」

「我也有同感。給那個令人火大的怪物一點顏色瞧瞧吧！」

「「「「喔喔！」」」」

殘存下來的衛兵和傭兵們打算做最後的奮力一擊。

正好就在這一刻。

——吼喔喔喔喔喔喔喔喔喔喔喔喔喔喔喔喔喔喔喔！

天上傳來響徹周遭的咆哮聲。

接著一道漆黑的巨大身影以驚人的速度，用身體衝撞蜈蚣怪物。

「那、那是……」

「是龍嗎！」

「為、為什麼……會在這種時候……」

最近使梅提斯聖法神國內動盪不安的漆黑巨龍。

巨龍專挑四神教的神殿或教會下手。死傷狀況也頂多只有討人厭的祭司或樞機卿之類的遭到波及犧牲，一般市民的死傷人數趨近於零。

就是那條巨龍襲向了蜈蚣怪物。

龍用長長的尾巴掃去成群的噁心人形肉塊，再度響起的咆哮化為衝擊波擊飛敵人。

龍擋在蜈蚣怪物的面前，簡直像是在守護他們。

「難、難道……」

「這是夢嗎？這條龍……救了我們嗎？」

「怎麼可能！那可是龍耶？我不認為野獸有那種思考能力……」

衛兵和傭兵不知道發生了什麼事。

可是這裡確實出現了奇蹟。

第六話　魔龍與巨大蜈蚣女

兩相對峙的魔龍和有如異形的噁心怪物。

一邊是勇者魂魄的聚合體，一邊是罪犯和受害者魂魄的聚合體。

只因為復仇這唯一的目的而互相合作的存在，以及緊抓著漆黑的欲望和對世間的留戀不放的存在。

兩方都一樣是抱有恨意的惡靈，卻分別處在兩個極端。

『什麼啊？這些傢伙很弱耶？』

『別太大意。從剛剛衝撞的感覺來看，那一擊沒給這傢伙造成多大的傷害喔。』

『總覺得這傢伙ＱＱ軟軟的耶……』

『觸感有夠噁心的。』

他們老實地分別說出了自己的感想。

賈巴沃克雖然用身體衝撞了蜈蚣怪物，但那個彷彿體內沒有骨頭的觸感卻令他們提高了防備。

就算謹慎地觀察，生理性的厭惡依然逐漸增加。

不知道為什麼，但是本能告訴他們，必須要消滅眼前的怪物才行。

『要噴火了喔！』

『先下手為強！』

『開火～～～！』

先發制人的火焰吐息。

從龍口中吐出的火焰奔流逼近蜈蚣怪物。

然而怪物瞬間分散了身體，躲過了火焰。

不，怪物不僅躲開了攻擊，還驅使周遭的人形肉塊一同撲向賈巴沃克，分泌出強酸液體，企圖溶解賈巴沃克。

四周飄散著強酸獨特的臭味。

『什麼啊！這些傢伙是怎樣！』

『簡直就像是史萊姆……雖然很噁心。』

『甩掉他們！』

體表有鱗片覆蓋的身體是不至於被區區強酸溶解，不過基於生理性的厭惡感，賈巴沃克讓身體表面的鱗片變為棘刺，飛上高空。

賈巴沃克在空中將巨大的身體捲成球狀快速旋轉，硬是甩掉了黏在身上的肉塊。

降落到地面時還順便挖去了蜈蚣怪物身上的肉，可是飛出去的肉塊狠狠落在建築物或路面上，軟爛又醜陋地蠢動並再次聚集起來，又重新變回了像是蜈蚣的怪物模樣。

光是有個女性的上半身長在蜈蚣的頭部，就讓這怪物令人毛骨悚然的程度倍增。

『『『『有、有夠噁心的～～～～～～！』』』』

蜈蚣女怪物將身上長出的無數手腳當成彈簧，用從那巨大身體看來根本想像不到的跳躍力跳向賈巴沃克。

賈巴沃克連忙用尾巴使出一記反擊，避免情況發展為近身戰鬥。

被打飛出去的蜈蚣女一路翻滾，撞倒了好幾棟建築物。

『這傢伙剛剛是打算用無數的嘴巴咬住我們吧？』

『要是被纏上就麻煩了……』

「這傢伙跟○萊姆王一樣，是群體構成的嗎？剛剛有一部分的身體分離了對吧？」

『也就是說，就算只留下一塊肉片，這玩意兒也會再生？』

『還真是常見的設定耶。』

賈巴沃克在幾次的接觸之後，已知對手的觸感有如軟體動物，他們認為一旦被對手纏上，將會很難應付。

既然可以改變外型，那就表示對手也能讓身體變得像布一樣，徹底包住他們。

賈巴沃克雖然也能改變外型，不過基本上是以動物外型為基礎，也無法將一部分的身體分離出去。

就算在能力方面占了上風，他們也不可能做出讓身體變細，從排水溝溜走這種事。

『麻煩死了～一口氣燒掉這傢伙吧。』

『畢竟被纏上了也很傷腦筋啊。』

『讓這傢伙逃掉了也很頭痛。』

『要是事後跑來尋仇就麻煩了。』

實際上，巨大蜈蚣女是非常刁鑽的敵人。

雖然有著如同蜈蚣般的外型，事實上卻是沒有固定形貌的肉塊。

可自由分離、伸縮、變形。

因為從未見巨大蜈蚣女使用過魔法，感覺對方除了強酸之外沒有其他主要攻擊手段了。要說這是弱點，那確實是沒錯，然而對方可以利用那特殊的身體來拘束賈巴沃克吧。

『我們首先應該要變成不會被那傢伙封住行動的外型吧？』

『所以是怎樣的外型啊？』

『啊，我大概知道了。交給我來控制吧。』

賈巴沃克的身上長出了無數的劍形突起物。

這些突起全是由鱗片變化而成的，硬度比一般的劍還高。讓全身長出這種劍形鱗片，就能夠斬斷企圖接觸自己的敵人了。

『就是像這種感覺吧？』

『『『『喔喔！』』』』

『好了，對方打算怎麼辦呢？』

這模樣硬要說的話，可以用完全攻擊型態來形容吧。

前勇者們決定觀察怪物面對全身上下長出劍的賈巴沃克，打算採取怎樣的行動。

◇　◇　◇　◇　◇　◇　◇

莎蘭娜他們雖然打算藉由襲擊並吸收城鎮裡的居民來增加力量，計畫卻因為突然出現的龍而被迫中止了。

儘管他們試著使用「將捕食的生物肉塊分離出去當成手下來操控」、「自由變化外型」、「對物理攻擊有利的吸收衝擊特性」、「從分身及本體的體表分泌出強酸」等能力，依然無法給眼前的強敵決定性的一擊。

雖然試過讓肉片撲上去包住對手或是將對手納入體內，卻全被擋了下來。現在他們也沒有任何手段能攻擊全身裹著宛如利劍的鱗片的對手。

而且因為他們到剛剛為止都在吸收居民，身體肥胖得不得了。

『為、為什麼會出現這種怪物啊！』

『大姊頭，妳知道什麼叫做迴力標打到自己身上嗎？』

『看吧，這次真的要死了……』

『不當人類之後，就只是普通的怪物了。我是為了什麼才出生在這世上的啊……』

『真是一段充滿了後悔的人生……』

這些在意識內對話的盜賊魂魄已經死心了。

追根究柢，在他們的常識中龍是最強的種族，根本不是Q軟的巨大肉塊能戰勝的對手。

『開什麼玩笑啊！我……我要變回人類！』

『『『『不，根本不可能辦到吧。放棄吧。』』』』

莎蘭娜就連到了這種時候，還是只看得見對自己有利的現實。

真要說起來，根本沒有什麼能保證她可以變回人類。

就連某個大賢者都會說「不可能！絕對不可能！」吧。

『要怎樣才能逃離這傢伙……』

就在她思考的途中，龍也持續在行動。

龍噴出吐息，火焰逼近莎蘭娜他們。

他們急忙仰起上半身躲開，可是下一發吐息改用橫掃的方式襲來，連同傾倒的建築物一起，燒毀了蜈蚣的軀體。

『咿咿咿咿咿咿咿咿咿咿咿咿咿！』

好不容易吸收累積的力量在僅僅一次的攻擊下急速流失，原本占據了地面的那些人形肉塊手下也同時被一掃而空了。

儘管如此現場還留有許多分離出去的人形肉塊，所以莎蘭娜立刻下命令叫回那些肉塊並再度吸收，藉此重新建構起失去的身體。

『那火焰太危險了。現在只能拚命靠近對手，打接近戰……』

『大姊頭，不妙啊！那傢伙過來了！』

龍朝著這裡衝了過來。

龍的動作意外的迅速，在跳起的瞬間同時揮下手臂。

莎蘭娜他們驚險的躲過這一擊，同時用女性身體的手撫上龍的下顎，立刻將構成身體的肉移動過去，用捆綁的方式封住了龍棘手的嘴。

他們本來還想順勢把蜈蚣般的身體也纏繞到龍的身上，然而馬上就被龍身上那些劍形鱗片給斬斷，瞬間變成了一片片的肉塊。

簡直就是攻守一體，毫無破綻。

『等等，這種身體……太卑鄙了吧！』

『唉，畢竟我們基本上是肉，所以很軟啊……』

『不過真要幹的時候還是會硬起來的喔？嘿嘿嘿……』

『你啊～別在這種時候帶這種下流的哏啦。』

明明沒有對策，嘴上卻很從容。

儘管重新集結肉塊變形為觸手，啪啪啪地鞭打龍，感覺也沒什麼效果。就算增加數量集中攻擊某處，也只會被突出的劍形鱗片給斬斷四散。

被斬斷的觸手雖然順勢飛了出去，以其重量壓倒了建築物，卻依然噁心地蠢動著回到了本體身邊。

就算是對人類很有效的攻擊，對龍來說也只像是在搥背一樣。

『那個噴射火焰很麻煩耶！而且還又硬又刺的……太狡猾了！有夠卑鄙！』

『說什麼噴射火焰，那可是龍的吐息耶？大姊頭……』

『啊啊……早知道事情會變成這樣，真該跟另一群人走啊～那些傢伙現在應該過得很爽吧～』

『是我們運氣太差了……死心吧。』

盜賊們的魂魄想起了以前與他們分道揚鑣的同類。然而那些離開的傢伙也早就被某個大叔他們給射成了蜂窩，如今已經完全從這世界上消失了。

盜賊們無從得知這些事實，羨慕著分道揚鑣的夥伴們。

『別說那種話了，趕快想想有沒有什麼好辦法啊！為什麼全部都要由我來想啊！』

『大姊頭，說是這樣說……』

『我們基本上就是被大姊頭妳拖著跑啊？又不太能自由行動。』

『比起那個，看看前面吧……好像不太妙吧？』

儘管他們拉開了距離，拚命的用觸手鞭打對手，然而龍那邊有了動靜。

劍形鱗片全都開始放電，電漿在四周交錯飛舞著。

『啊…………』

『總覺得有股很～不好的預感……』

『這下糟啦……』

『搞不好死得成呢……可以死啦！』

『要逃了喔！』

意識到危機，莎蘭娜他們使出全力逃走。

在他們不顧一切，一邊粉碎建築物一邊拚命地逃離原處後，大量的電漿立刻以龍為中心朝四處噴射而出。

而且該說真感謝龍做事這麼仔細嗎，連劍形鱗片也朝著全方位噴出雷射光束，還順便從口中噴出了原理不明的怪異光束。

建築物直接被貫穿並燃燒起來，龐大的電漿讓四周蠢動的肉塊化為了焦炭，從口中噴射出的吐息橫掃而過，使城鎮壟罩在紅蓮之火下。

問題就出在這場大規模火災，燒光了從莎蘭娜他們身上分離出去的肉塊。

畢竟肉塊如同字面所述，就只是肉，不可能耐得了高溫。儘管擁有非比尋常的再生能力，若是遭到焚燒依然來不及恢復而碳化。

『不妙啊……這樣下去會沒命的。』

『不是，我們早就已經死了吧。』

『大姊頭求生的方式真的很骯髒耶……』

『喂，我們乾脆讓所有肉塊合體吧？用巨大的身體壓上去，然後讓本體趁隙逃走。反正那些也只是些會讓身體變大的礙事肉塊而已。』

『『『『就這麼辦！』』』』

他們拚命喚回並聚集起城鎮裡殘存的肉塊，讓自己唯有身體大小勝過了龍。

不過這巨大的身軀也只是用來掩人耳目，為了讓本體能夠平安逃脫的誘餌。

最後出現的結果就是巨大的蜈蚣女。

◇　◇　◇　◇　◇　◇

時間拉回稍早之前。

玄真和梢在城門前方，與衛兵及傭兵一同和成群的醜陋人形肉塊交戰。

這些肉塊就算砍了也不會死，還會拿有如骨頭般的武器反擊。

戰鬥中唯一有利的點是梢可以使用魔法，所以他們採取了反覆讓肉塊聚集在一處，再用魔法燒光肉塊的攻擊戰術。

儘管如此，還是出現了犧牲者。

「救、救救我啊！唔嘎啊啊啊啊啊啊啊啊！」

「可惡！又有人被吃了！」

「別亂了陣形！傭兵！還不能用魔法攻擊嗎！」

「別強人所難啊。梢的魔力也是有極限的喔？不先將那些傢伙大量聚集在一個地方再燒，這樣下去情況只會愈來愈糟啊。」

「我不管！你想點辦法啊！」

玄真有點後悔自己到這個國家來。

衛兵……應該說是隊長級的騎士才對，總是一副高高在上的樣子。

對方或許是完全不懂魔法吧，一直找理由逼他們胡亂發射魔法。

魔法明明不像這個隊長口中所說的那麼萬能……

「我說啊～愈強大的魔法要耗費的魔力也愈多耶？和神官的神聖魔法是一樣的。應該要當成在緊要關頭時使用的王牌啊，像你這樣要人胡亂發射，是想幹嘛啊？嘿！你是想死嗎？」

「閉、閉嘴！你說這種話，是盤算著要兩個人逃離這裡吧！少廢話了，趕快用魔法！」

玄真一邊躲避肉塊的單調攻擊，一邊在心裡想著「事情還真是變得麻煩起來了啊～」。這個隊長根本不聽人說話。

而且他還下令徵兵，讓一般民眾拿起武器，逼他們上前線迎擊。

「親愛的，要怎麼辦？」

「不用理會這傢伙說的蠢話。現在盡量儲存魔力吧。」

「就這麼辦。老實說我在生理上無法接受那個人呢。」

「你、你們這兩個傢伙！」

他們沒打算聽從對方自私的命令。

兩人本來就是傭兵，也不是事先收了傭金受僱於對方的情況。

「這麼想用魔法的話，你自己去用啊！」玄真甚至想這樣放話回應對方。

「喝啊！」

玄真將扭曲的人形狠狠切成碎片後，從背後一刀斬斷另一隻襲向手拿木棍的民眾的人形肉塊，盡可能地避免出現更多受害者。

然而騎士隊長仍對著玄真大喊「你還不趕快過來幫忙！」之類的話。

而且騎士隊長面對的還是體型比他更小的人形肉塊。

『總覺得要是把敵人連同這傢伙一起砍成兩半，心情會比較爽快啊……』

該說他不愧是楓的父親嗎，兩人的思考邏輯很接近。

「這個！這個！這個該死的東西！」

「到底要怎樣才能殺死這肉塊啊！」

「用火燒！那樣應該就有辦法弄死這些傢伙了！」

這些人形肉塊相當難纏。

就算切成碎片，那些小小的碎片也會蠢動著再度合而為一，變回原樣。

不管砍斷還是敲爛都不會死，得把切成碎片的肉塊徹底打爛後再用火焚燒，才總算能夠讓這些怪物沒辦法再動起來。

要打倒這些人形肉塊實在太費工夫了。衛兵們陷入了苦戰。

為了活下來，城裡的居民們也集體圍攻，可是光要打倒一隻就得花上不少時間。效率非常差。

其中也有人擅自從附近的店家拿油出來，用火燒的方式打倒肉塊，但會動的肉塊數量依然多到就算如此仍無法對應的程度。

『……不過這些傢伙的動作比地下水道那些來得更慢啊？也不會說話……唉，雖然這點算是幫了大忙就是了。』

很奇妙的，這些人形肉塊比起玄真他們在地下水道交手過的那些更弱。

動作單調又緩慢，在玄真的眼中根本是可以輕鬆地搞定的對象。實際上其他傭兵也勉強能打倒這些肉塊。

受害情況比想像中的更輕微。

不過唯有數量過多這點，他們始終無法克服……

「問題就出在沒那麼容易弄死這些玩意兒啊……」

「趕快來幫我啊！你們這些傢伙以為我是誰啊！我可是斯普拉敦伯的親屬！膽敢對我見死不救的話，可別以為我會輕易放過你們！」

「……要是沒有那個吵死人的傢伙在就好了。」

「你們給我記住！我一定會抓你們去處以極刑！我這話可不只是恐嚇而已啊！」

『…………乾脆動手除掉他吧？』

儘管玄真之前還會隨便應付他，但這下也實在不高興起來了。

『應該也差不多可以砍死他了吧？畢竟是在這種緊急情況下，不小心失手砍死一個人也不要緊吧？』玄真開始認真的這麼想。

真的很煩人。

玄真特別討厭他這種利用地位，跩得要命又瞧不起人的無用廢物。

當然玄真也知道自己不是什麼聖人君子，但是手裡拿著劍卻沒做好任何覺悟的廢物所說的蠢話，他可聽不下去。

因為玄真的論調是「與其丟臉的活著，不如奮戰後死去」。

『不過啊～我不想讓「雪風」沾上那種傢伙的血呢～』

愛刀「雪風」是玄真本人非常中意的武器。

這把刀用起來非常順手，光是握著刀柄，就會覺得這把刀彷彿是身體的一部分。不管魔物身上有著多麼堅硬的甲殼，也能一刀斬斷。而且也不會因此就傷到刀刃。

是把落入外行人手中會很危險的刀，不過仍有人會迷上這把刀美麗的光輝吧。

總之這把刀格外鋒利，是他最棒的夥伴。

對於要讓名刀沾上廢物的血一事，玄真心中抱持著強烈的抗拒感。這也說明了這個騎士隊長的人品就是如此的糟糕。

儘管那個隊長現在還在大聲嚷嚷，但是玄真根本不想回頭搭理他。

「有沒有誰能幫忙殺了那個笨蛋啊……」

「喂，給我抓住那…………」

「……嗯？」

廢物騎士隊長忽然沒了聲音。

回頭一看，只見剛才還在那裡嚷嚷的蠢貨身影消失無蹤，取而代之的是地面有如遭到什麼東西衝撞，被挖去了一塊的痕跡。

赤紅的地面宛如熔岩般沸騰冒泡，並散發出高溫。

玄真瞬間閃過一股討厭的預感，連忙跳離原處。在此同時，一道帶著驚人熱量的光束掃了過去。

「什、什麼啊！」

「唔哇！」

「呀啊！」

各處都傳出了慘叫聲。

環顧四周，只見建築物不知為何全都燃燒起來，劃破天空的光束迸向四面八方，將城鎮內染成一片火紅。

運氣不好被直接擊中的人成了悽慘的屍體倒落在地。

閃光劃過之處，無論是人是物都會被瞬間燒光，化為可憐的焦炭。

建築物失火只是因為光束掃過後，過多的熱量順便引發了火災而已。而光束通過之後，朝著東門的方向留下了一條直線的痕跡。

這想必是有什麼東西射出了威力非比尋常的光束吧。

『這、這是魔法攻擊嗎？可是這威力……到底是怎樣啊。』

玄真從未見過如此強力的攻擊。

不，正確來說他只看過一次這種大規模的魔法攻擊，不過那又是不同類型的攻擊。

「喂、喂……」

「這些怪物們………」

才想說魔法攻擊停下來了，這次又換怪物們有了動靜。

只能緩慢行動的扭曲人形肉塊開始和周遭的同類融合，接著化為蛇的模樣，迅速的一起移動起來。

怪物們簡直像是要聚集到某一處的急速移動，讓玄真憑直覺感受到這些怪物的本體那裡出了狀況。

另一方面，民眾和衛兵們則是一臉茫然，完全不知道發生了什麼事。

肉塊很明顯的是朝東門的方向移動。

也就是說他們的本體——蜈蚣女就在東門。

玄真想著這些事情時，大量的建築物在他眼前接連傳出巨響倒塌。

而他在崩塌的瓦礫前方，熊熊燃燒中的火焰中看見的是——

「喂喂喂……那玩意兒是龍嗎？開玩笑的吧。」

就算從遠處也能清楚看見的兩個巨大身影。

這也就表示蜈蚣女和龍真的打起來了。

開玩笑也該有個限度。

「哎呀哎呀，簡直就像這本書一樣呢。」

「兩隻怪物大打出手啊，這可不是什麼好玩的……等一下！稍……妳剛剛是不是說了書？」

比起不明怪物所做出的行動，玄真更在意妻子提起的另一件事。

她豐滿的胸前抱著幾本薄薄的色情同人誌。

雖然看不到封面標題，不過書腰上寫著「兩隻野獸，在名為床的叢林中賭上男性尊嚴大展身手」。

而且好像還是系列作。

玄真不知道。

梅提斯聖法神國是這類書籍的性癖發源地——應該說聖地。

「妳啊，在這種忙得要命的時候，到底是上哪兒去做什麼了！」

「我只是碰巧撿到了而已喔？從那邊那間快垮了的書店。」

「唉……我說妳啊～」

比起龍和怪物的大決鬥，太太在這種時候仍不忘嗜好的病情更是嚴重的問題。

望著熊熊燃燒的火焰和升起的黑煙，玄真逃避現實地長嘆了一口氣，同時喃喃說著：「老婆去了遙遠的地方呢～……」

◇◇◇◇◇◇◇

賈巴沃克以雷擊和雷射光束徹底掃射這一帶。

他們察覺到蜈蚣女在猛烈燃燒的火焰中正在做些什麼。

無數同樣有著青白色肌膚的蛇一起聚集到了蜈蚣女的周遭，接連與本體融合。

噁心蠢動的肉塊逐漸增大。

『……有夠噁。』

『雖然是無關緊要的事，不過那傢伙剛剛是不是說話了啊？』

『果然跟我們是同類嗎？』

『總覺得不太一樣。出現的過程或許是一樣啦……』

『你這話是什麼意思？』

『對方和我們一樣是由怨念結合而成的，可是他們只顧自己的欲望吧？我們至少有復仇這個統一的目標，神才給了我們力量，所以儘管相似，但我想本質上還是不同吧。』

前勇者們的想法是對的。

他們雙方確實都是基於怨念而誕生的存在，可是賈巴沃克的原動力是對四神教的恨意，相對的，蜈蚣女則是生前留下的邪念與欲望等執著。

正因為雙方的本質不同，賈巴沃克不會襲擊四神教之外的對象，蜈蚣女卻會若無其事的殺害、捕食無關的人。眼前的肉塊身上只有虛榮心、物欲、貪念、性慾、食慾等欲望扭曲後的產物，要說除了受害者的意志外，莎蘭娜的魂魄幾乎接下了所有的怨念也不為過。

所以才會變成如此醜陋的模樣吧。

『不過啊，他們也吸收了無辜的居民耶？』

『沒有辦法能拯救那些人嗎？』

『嗯～……』

『啊，要是吃了那個肉塊，我們就能讓受害者與我們同化了吧？』

『『『『要吃那玩意兒嗎！』』』』

現在仍在融合，不斷變得肥大的巨大肉塊。

就算是說客套話，看起來也一點都不好吃。

『不行啦～……唯獨吃那玩意兒這件事，真的不行啊～』

『把那些傢伙吸收進來是要幹嘛啊！』

『我們絕對無法和他們產生共識吧……』

『『『『應該說，一點都不想吃那玩意兒！』』』』

感覺肯定會吃壞肚子，光看外觀彷彿都能聞到惡臭的腐敗肉塊。

完全不想吃。

也絲毫沒有食慾……不如說，食慾一開始就不存在。

事到如今他們不認為自己有必要去吸收其他惡靈，然而說是這樣說，要他們放著被怪物吃掉的受害者不管，良心上又很過意不去。

可是要嘗試需要勇氣。

他們試著抓起了企圖和本體融合而移動過來的肉塊，可是肉塊不停扭動著，噁心得讓人不願面對。

然而勇者的魂魄中出現了挑戰者。

『少在那邊嘮嘮叨叨的了，就試試看吧。說不定我們的力量會變得更強啊。』

『『『『岩田——你想做什麼！』』』』

勇者「岩田定滿」因為知道了太多真相而慘遭殺害，是屍體不僅被丟棄在下水道，還眼睜睜地看著自己的身體被老鼠吃掉的怨靈。

個性基本上既粗暴又欠缺思慮。儘管是個沒有任何地方值得誇獎的垃圾勇者，不過看來他唯有意志的強度是一流的，雖說是趁隙，他還是輕鬆地奪走了賈巴沃克的控制權。

然後咬上了蜈蚣女的身體。

『咿咿咿咿咿！好酸啊啊啊啊！超苦的啊啊啊啊啊啊啊！』

『味道超噁心的啦啊啊啊啊啊，無以名狀、難以形容的噁心味道啊啊啊啊啊！』

「……ＱＱ軟軟的。吃起來的口感超詭異……」

『住、住手啊……要吃的話至少先阻斷味覺啊……有奇怪的汁液……』

『嗚噁噁噁噁噁噁噁噁噁！拜託不要……』

除了一部分的魂魄外，所有人都共享了蜈蚣女的肉味。

從旁人的角度來看，他們是一頭猛然逼近怪物，狠狠咬下肉塊的猙獰巨龍。實際上他們卻是吃得淚眼汪汪。

包含岩田在內，那些得意忘形、原本就很惹人厭的勇者們由於和其他勇者們的魂魄同步狀況不穩定，所以並未共享感覺，而這正是不幸的開端。

感性正常的勇者們一時間失去了賈巴沃克的身體控制權，落得被迫吃下蜈蚣女的下場。

『『『『『喂喂喂！全部吃下去！可沒時間給你們拖拖拉拉的！』』』』』

『住、住手……』

『嗚噁！』

『好癢～……喉嚨深處好癢啊～！』

賈巴沃克嚼碎蜈蚣女的肉，吞入體內後，那些莫名遭到殺害的人們的魂魄得到了解放，他們的怒氣全向著蜈蚣女這個一切的元凶。

這份怒氣和勇者們的魂魄同調，力量在反覆捕食的過程中逐漸增強。

蜈蚣女裡頭有著前勇者的魂魄這件事也加速了賈巴沃克的力量增長，長出了一個又一個的頭，最後成了有五個頭部的巨龍。翅膀也變得更大了。

最終變成了簡直像是某個世界的電影裡面會出現的怪獸。

而頭變多了也不全是好事，要說這是在指什麼的話——

『岩田～……你和其他那堆人，真虧你們幹得出這種好事啊～？』

『你們應該已經做好覺悟了吧～……喔？』

『你們幾個也嚐嚐這肉的味道吧……』

『既然是你們提議的，你們應該很樂意全部吃下去吧？』

『你們總不會只想讓我們吃吧？我們可是命運共同體喔？』

『『『『我、我們好好談談……』』』』

『『『『別開玩笑了！』』』』

至今為止都是勇者們的魂魄合作來操控一個身體，不過由於頭部增加，那些惹人厭的勇者們的魂魄集中到了五個頭的其中一個上面。

也就是說剩下的四個頭是由善良的勇者們掌控的。

賈巴沃克的身體主導權會落在擁有較多魂魄同調的那一方。

簡單來說就是多數決。

因為頭變多了，主導權從包含岩田在內的惹人厭勇者們手上落入了善良勇者們的手中——於是名為懲罰的復仇就此開始了。

『喉嚨好癢啊～！嗚噁噁噁！』

『酸溜溜的液體和嚥下去時黏呼呼的感覺……』

『是我不對——！原諒……唔噁！』

『NO————！』

『咦？還不錯嘛……』

有個強者混在其中。

巨大怪獸壯烈的互相啃食的場面。
從旁看來只覺得是場嚴酷生存競爭的戰鬥。
實際上……是由個性有些缺陷的人們上演的一場缺乏緊張感的搞笑短劇。

◇◇◇◇◇◇◇

而說起另一邊的莎蘭娜他們……
『等等，我們被吃了耶！變大之後看起來反而變好吃了吧！』
『這還真意外……我們的外表看起來也一副有毒的樣子啊～』
『有毒的只有大姊頭就是了。』
『是誰說了這麼讚的話啊？』
『看起來明明就超難吃的耶……』
他們完全沒料到自己會被吃。
本來是想讓身體變大後來場接近戰，再趁亂讓本體逃走的，沒想到反而幫了對手一個忙，讓龍的力量變得更強了。
頭部增加為五個，身體大了一圈，翅膀也成長了不只一倍。
而且龍進食的速度比他們想像得還快，莎蘭娜他們來不及再生，虛弱到甚至無法繼續維持巨大蜈蚣女的模樣，變成了一團軟Q的肉塊。

『算了，這是個好機會。』

『只有我們也好，快趁這傢伙在進食的時候開溜吧！』

『你們打算怎麼逃走啊！要是分離，不是會被剛剛那種全面性攻擊給燒光嗎！』

『大姊頭，妳仔細看城門那裡。門扉被剛剛的光束給打飛了吧？我們只要把本體拋到城門的另一頭去，就只有留下來的肉會被吃掉了。』

由於賈巴沃克的攻擊，城門已經失去了原有的機能。

門扉被打飛，周遭的城牆也幾乎都倒塌了，城門本體也早已變得殘破不堪，隨時都有可能垮下來。

而重要的就是可以去到城外這一點。

莎蘭娜他們來到地面上時，城裡當然陷入了大規模的恐慌。

避難的民眾爭先恐後的湧向城門，在擠成一團的狀態下遭到了莎蘭娜他們——蜈蚣女的襲擊。

衛兵們在接連有人遇害的情況下關上了城門，將莎蘭娜他們關了起來，讓他們無法跑到城外。這對衛兵們來說絕對是賭上了性命的作戰。

而且在隔開城門內側與外側的部分，設有一道平常會用鎖鏈垂吊在接近天花板位置的鐵柵欄，要是有人企圖逃出去，衛兵就會砍斷鎖鏈，讓柵欄落下。

然而這些設備都因賈巴沃克的全面性攻擊——光束攻擊給摧毀了，現在他們可以輕鬆地通過城門。

『要趕緊開溜了喔！』

『『『好～！』』』

作為最後的垂死掙扎，原本是蜈蚣女的肉塊身上長出了無數的觸手，纏上了龍。

這攻擊是為了吸引對方注意的假動作。

無數的觸手全是替身，本體移到了主要的一隻觸手上。

就算被龍啃食，他們仍用當作替身的觸手持續攻擊，甩動本體所在的觸手，同時讓位在觸手前端的本體分離出去。

分離後的本體飛越毀壞的城牆，反覆在地面上彈跳著，掉落在城外。

第七話　大叔和學生們一同前往迷宮

神祕的人形肉塊與創造出那些肉塊的巨大蜈蚣女。

將這一切吞噬殆盡的龍在遭到破壞的城鎮按兵不動了一陣子，最終仍展翅遨翔而去。

玄真從遠方疑惑地看著巨龍飛離的身影。

不知道是不是他的錯覺，總覺得那條龍飛得搖搖晃晃的。

「……龍啊。那真的是龍嗎？為什麼會吃了那怪物之後會變大啊？簡直就像是……」

他吞回了最後差點脫口而出的「把怪物吸收掉了一樣」這句話。

玄真認為那條龍和巨大蜈蚣女是性質相同的存在，雖然從兩者敵對的態勢來看，玄真推測他們的基礎或許不同，不過他想不透兩者之間的差別究竟為何。

最後他導出了「憑我的頭腦，再怎麼思考也不會懂吧」的結論。也可以說是放棄了思考。

「那個蜈蚣怪物很像我們以前見過的怪物呢。一旦陷入飢餓狀態就會吸收同類，最終化為巨大怪物的這點完全一樣耶。」

「嗯……真的很像。那條龍其實也滿像的……（我是認為不至於，但這該不會是那種糟糕藥物造成的影響吧？）」

「是這樣嗎？」

「龍在吞噬蜈蚣女的途中，身體也產生了變化。具體來說是身體整整大了一圈，而且頭的數量也增加了……不過不管怎麼看，兩者都是同類吧。」

「如果是同類，那牠們為什麼為什麼要互鬥呢？」

「這不問牠們是不會有答案的。搞不好牠們特別討厭同類啊？」

若只是推測，想得到的原因有百百種，但是玄真他們不是專門研究魔物的學者，頂多只能看出兩者性質相似，沒有足以詳細分析的相關知識。

梅提斯聖法神國沒有魔導士，即使提供這項情報，玄真也不認為對方會相信他們。不僅如此，還有可能在知道兩人是精靈時便逮捕他們。

畢竟這個國家會迫害其他種族的人，要不是兩人是傭兵公會登記在案的傭兵，一定會立刻被貶為奴隸。

畢竟就算是梅提斯聖法神國也無法干涉跨國的中立組織。不過想提供情報的話，還是提供給鄰近的索利斯提亞魔法王國比較好吧。

「梢，妳能畫出那傢伙的外型嗎？」

「我只有遠遠看到，所以不太清楚細節，不過大致上可以。」

「趁妳還記得的時候畫下來吧。巨大蜈蚣女也畫一畫。這種情報即便是傭兵公會，也會出大錢購買的。」

「我知道了，那麼……」

太太從忍者服的胸口處掏出筆筒，拿起一枝筆之後，沾了沾藏設在蓋子內部的墨水，以熟練的手法迅速畫起畫像。

「我之前就想問了，妳那些工具到底是藏在衣服的哪裡？」

「親愛的，這是主婦的祕密喔。」

女忍者太太的七大不可思議之一。

不知為何可以從怎麼看都藏不了東西的地方拿出暗藏的道具。

儘管是長年相隨在側的妻子，但玄真到現在還是不知道梢到底是怎樣藏匿這些道具的。

「喂，妳為什麼要畫男色的水墨畫啊……現在不需要那個吧？」

「親愛的，下筆前先試畫是少女應具備的教養喔。」

「不用畫那種沒必要的東西！也不需要培養這種教養。而且妳背上的包巾……那裡面裝得都是男色本吧！快還回去，妳這不是趁火打劫的行為嗎！」

「親愛的……偷東西只要沒被發現，就不算是犯罪行為喔？而且接收別人棄置不要的東西，這哪裡算是偷竊了？」

碰到這場騷動，住在城門旁的商人與一般住戶立刻就逃走了。

龍的全面攻擊光束當然也害得許多房屋起火崩塌，梢趁火打劫的書店也同樣是受害的房舍吧。

先不論她的理由，可是因為沒人看見就趁火打劫這種行為，就連玄真也看不下去。而且如果在這時容許她的行為，她之後只會一犯再犯。

「反正我看膩了就會拿去二手書店賣掉，你沒必要這樣責備我。還能貼補一些旅費。」

「妳啊……我是覺得不至於，不過妳該不會背著我做過同樣的事吧？」

「親～愛～的，維持家計可是件苦差事喔？」

梢臉上掛著溫和的微笑，身後卻帶著非比尋常的霸氣。

獎金獵人和傭兵的生活總是跟得收支搏鬥，玄真愛喝酒賭博的習性也對他們旅途中的開支造成了很大的負擔。

實際上，太太的腐女嗜好也是原因之一……然而拿錢來指責不知道這件事的玄真，確實是戳中了他的痛處。

「二手書啊～雖然也賣不到幾個錢，但是總比沒有好吧……」

「是啊。因為旅行很需要錢呢。」

「既然這樣，比起書，寶石不是更好嗎？」

「親愛的，你是叫我去當小偷嗎？」

「做的事情不都一樣嗎？」

梢所說的話完全沒有道理可言。

儘管做的事情一樣，可是在她的認知裡，偷寶石是犯罪，偷BL本卻是在保護藝術作品。

她一臉非常不能接受玄真說法的樣子。

「唉～……好啦，隨便妳。不知道這裡有沒有旅館可以讓我們投宿。」

「我想應該馬上就能找到了，可是旅館老闆應該不在吧。」

「這樣下去，就算入住也有可能會被火災波及呢……」

火災的情況正因為吹過的風而持續擴大，兩人的眼前是一片城裡的房舍因為二度災害而倒塌的景象。看樣子重建得花上不少時間和預算。

「看樣子今天開始得露宿了……」玄真看著眼前的慘狀，死心地嘆氣。

幾天後，在聖都瑪哈．魯塔特討論重建這座城鎮的議題，可是因為財政狀況，未能撥出重建預算。

結果這座城塞都市就此遭到棄置，在歷史上留下第一座因怪物互戰而毀滅的紀錄，流傳於後世。

◇◇◇◇◇◇

索利斯提亞公爵領內的別墅。

或者說是克雷斯頓宅邸的其中一間房內——

「我們去探索迷宮吧。」

「「「啥？」」」

傑羅斯突如其來的說要去探索迷宮。

正在進行增強及控制魔力的訓練，讓「火球」浮在空中的茨維特和瑟雷絲緹娜回過頭來，就連身為護衛卻閒閒沒事做的好色村，也被大叔唐突的發言嚇到，發出了驚訝的怪聲。

「因為我最近做了很多東西，用掉了不少鐵，我想說去採礦的時候順便讓你們去挑戰迷宮看看好像也不錯～你們覺得呢？」

「有什麼好覺得不覺得的，這也太突然了吧。」

「同志……這個大叔是說去採礦的時候順便耶？還有我不想去……」

「不過我對迷宮很感興趣呢。雖然得先做許多事前準備就是了。」

茨維特眼見傑羅斯打算用要去玩耍的態度潛入無比危險的迷宮，不禁露出了略帶不安的表情。不過這提議倒是激起了瑟雷絲緹娜的好奇心，令她有些躍躍欲試。

一旁的好色村則是不知為何面色蒼白……

「這附近正好有一座迷宮。我們就稍～微去逛一下吧。」

「我說啊，要去也要先做好準備吧！沒人知道在迷宮裡會發生什麼事啊。」

「哥哥，你認為老師需要準備嗎？我覺得他會兩手空空地潛入迷宮，幾天之後帶著整套超強的裝備回來喔。」

「這……我確實無法否定。」

傑羅斯強到足以在堪稱世界級魔境的法芙蘭大深綠地帶生存下來，就連知名的高手實力都遠不及他。即使兩手空空的潛入迷宮，也難保他不會在現場運用魔導鍊成之類的技術，製造出強大的武器。

他可以輕鬆做到隻身闖入敵陣、運用高超的野外求生技術存活、利用現場資源大開殺戒這些特種部隊才辦得到的事。

是每個國家都希望能保有好幾位的人才。

「……身為一個有朝一日要肩負起國家領地責任的人，我真想要像師傅這樣的人才啊～」

「哈哈哈，我沒打算為國服務。自由才是最好又最輕鬆的。」

「以別種意義上來說，這發言還真奢侈呢……」

「是說好色村小弟……你臉色很差耶，還好嗎？」

大叔一臉疑惑的看著不知為何處於憂鬱狀態的好色村。

「迷宮……你們真的要去嗎？去那個地方？不要，我不想去。那些傢伙……那些傢伙正在等著我啊……」

『……之前他獨自潛入迷宮的時候，發生了什麼事嗎？』

茨維特雖然察覺了些什麼，不過沒能弄清楚原因。

他唯一知道的就是好色村害怕的模樣非比尋常。

「對師傅而言或許是小嘍囉，可是數量一多起來也很難應付啊。就提交給公爵家的資料來看，那座迷宮的構造現在仍在持續變化中，狀態相當不穩定，不是嗎？」

「因為現在好像也只能下到第三層而已，沒什麼問題吧？魔物也都是些小嘍囉啦，小嘍囉。」

「真碰到什麼危險狀況，只要打穿天花板上來就好了啦。」

『『能做出這種事的只有師傅（老師）而已吧（啊）。』』

大叔的想法相當危險。

可是就因為他真的做得出這種事，事情才麻煩，實際上他已經有過打穿天花板逃脫迷宮的經驗了。

對迷宮而言，最大的威脅說不定是這個大叔。

「反正閒著沒事做，花個幾天去探索迷宮也沒差吧。趁有時間的時候鍛鍊一下用來應付緊急狀況的野外求生技術，也是很有幫助的啊。」

「這話也是有道理……那明天出發如何？」

「哥哥不是要幫忙處理公務嗎？」

「關於這件事啊～因為老爸早就都事先安排好，所以工作大多都已經分配給職員們去執行了，沒有什麼我能幫忙的事。我都不禁懷疑起老爸到底有沒有要讓我繼承公爵家的意思了。」

「父親大人……」

一般來說，在伊斯特魯魔法學院放假的期間，貴族家的繼承人會分別回到自家領地，學習如何治理領地。可是茨維特很難做到這點。

而原因就出在他的親生父親太能幹，徹底剝奪了茨維特的學習機會。

如果是克雷斯頓，他應該會多少留點工作下來吧，但是德魯薩西斯不把行程表上安排的工作全都處理完便不會善罷干休，不僅如此，他還會為了爭取自己的自由活動時間，毫不留情地把別人的工作一併處理掉。

雖然他是說『比起交給別人做，自己做比較快』，不過連克雷斯頓都忍不住嘆氣，覺得他這樣沒辦法培育年輕人才。

他的行為在別種意義上也是讓身邊的人很頭痛。

「我開始有點擔心自己能否超越老爸了……」

「不是，你不可能超越他吧。我覺得茨維特你沒必要變得跟德魯薩西斯公爵一樣。太勉強自己的話，只要短短三天就會搞壞身體的。以某方面來說，那位公爵閣下跟我一樣不合常理啊。」

「大叔你這話超有說服力的……」

「我雖然可以理解，但心情還是有點複雜……」

「父親大人究竟都是在什麼時候休息的啊？」

德魯薩西斯公爵的私生活充滿了謎團。

「拉回原本的話題，我們明天出發去探索迷宮吧。不要緊啦，那裡我可以當天來回，你們也放輕鬆點吧。克雷斯頓先生也有拜託過我，叫我要讓你們多經歷一些不同的體驗啊。」

「「爺爺……」」

一行人就這樣決定要前往位於阿哈恩村的廢棄礦坑迷宮了。

然而聽到這句話的好色村臉色徹底刷白。

「我、我不要啊啊啊啊啊啊啊啊啊啊啊啊啊！」

『『這傢伙到底在迷宮裡面受了什麼心靈創傷啊？』』

好色村的哀嚎聲響徹了整棟索利斯提亞公爵家別墅。

但是身為茨維特護衛的好色村沒有權利拒絕。

因為這是他的工作……

◇◇◇◇◇◇

隔天，眾人拖著抵死不從的好色村，來到阿哈恩村的廢礦坑迷宮。

一行人無視異常害怕的好色村，在新建好的傭兵公會辦完手續後，速速踏入了礦坑內。

「這裡就是迷宮啊。看起來只是一座普通的礦坑耶？」

「話說這座迷宮有好幾個出入口，而且第三層以後的探索好像遇到了不少困難。現在不曉得變成怎樣了？」

「仔細想想，傭兵們也真是不要命耶。會頻繁改變結構的迷宮根本就是危險地帶吧。」

「他們也是要討生活啊。衣食不保的人就是會想賭一舉致富的機會。」

——Zuzzzzzzzzzzzzzzzzzz……

迷宮裡不時會傳來地鳴般的聲響，地下某處的構造此刻也正在產生變化。

因為調查得到的情報到隔天就沒用了，所以傭兵的調查工作也進行得很不順。

在礦坑入口處販賣的地圖頂多只能拿來參考而已。

「正因為原本是礦山，所以路線也相當錯綜複雜嗎？我這只是舉例，但有可能會從第一層突然連結到尚未探索的區域之類的。」

「茨維特，你很懂嘛。明明在地底下，卻不知道為什麼建構出了寬廣的世界。然後還藉由礦坑的坑道錯綜複雜地連結在一起。是空間扭曲了嗎？哎呀～迷宮真的充滿了不可思議之處呢～」

「比起魔物，有些傭兵更危險就是了……呵呵呵。」

從好色村的模樣看來，茨維特大概能猜到是他之前來這座迷宮時遇上了什麼慘事，不過聽著他的嘀咕，茨維特心中不禁冒出了『為什麼傭兵很危險啊？』的疑問。

可是他也沒打算主動問好色村。

他雖然只是下意識的有這種預感，不過總覺得要是問了八成會後悔。

「哎呀，反正沒有法芙蘭大深綠地帶那麼誇張啦。只是在這裡要特別小心陷阱。」

「陷阱……嗎？」

「雖然不確定迷宮本身是否擁有意志，但是偶爾會發生迷宮在通道上隨意設置了陷阱的狀況。要是不小心觸動陷阱，下場會很慘喔。」

從未探索過迷宮的新手最需要防範的就是不知設置在何處的陷阱。在與魔物戰鬥的途中意外觸動陷阱，因而身亡的傭兵也不在少數。

老練的傭兵甚至能利用陷阱來打倒魔物，可是新手傭兵或從未探索過迷宮的人很難分辨出陷阱，因此能夠察覺陷阱的盜賊或是擁有刺客技能的傭兵在探索迷宮時很受重用。

雖說有些專幹檯面下勾當的刺客或盜賊也會混進來就是了……

「不同階級的傭兵可以挑戰的樓層也不一樣，不過無視這些規矩的人也很多。其中還有些人成了所謂的迷宮盜賊。都是些死了也只能說是自找的傢伙。」

「喂喂喂，傭兵公會沒在取締這些人嗎？」

「沒辦法吧。大多數的傭兵都很窮，而且人數眾多。公會的職員人數也有限，缺乏人手的問題不管在哪裡都很嚴重啊～」

「為了生存而前來探索迷宮，結果卻因此喪命，那豈不是本末倒置了嗎？把這些事情全都劃在傭兵必須自行負責的範圍，傭兵公會是不是太不負責任了點？」

「是那些公會明明發布了注意事項，卻無視公會規勸前往迷宮深處的傭兵不對吧。重點是迷宮對魔導士來說確實充滿魅力，畢竟可以在比大深綠地帶安全的地方取得稀有的金屬、藥草或是魔物的素材。你不會覺得很興奮嗎？如果庫洛伊薩斯知道了這件事，應該會喜孜孜地前來探索吧。」

「那傢伙確實很有可能會這麼做……」

茨維特的弟弟庫洛伊薩斯不僅對魔導具，對能拿來製作魔法藥的藥草、稀有礦物，尤其是魔物的素材毫無抵抗力。

一旦聽說了關於稀有素材的傳聞，他肯定會說：『這消息太有意思了，我無論如何都得去現場調查！』興奮地喘著氣跑來挑戰迷宮，然後遇難。

茨維特完全可以想像得到他也不管自己不愛出門，根本毫無體力，卻硬是跑來探索的模樣。

「如果是庫洛伊薩斯哥哥，絕對會來探索迷宮呢。他覺得應該會連個護衛都沒僱，就憑著興趣闖入迷宮，然後立刻陣亡吧……」

「瑟雷絲緹娜……妳也愈來愈了解庫洛伊薩斯的個性了嘛。」

「畢竟他是個為達目的不擇手段的人。在伊薩．蘭特的時候，他也曾經偷偷竊取古代的魔導具出來……」

「喂！妳剛剛是不是說了什麼很不得了的事情？妳親眼看到他竊取魔導具了嗎？」

「我是偶然間目擊到他犯案的……庫洛伊薩斯哥哥平常就會做這種事嗎？我覺得他的手法還滿熟練的。因為我有追上去，可是一下就跟丟了，他也沒有留下證據……」

「……………那個笨蛋，熟悉竊盜手法是想幹嘛啦。」

最令人傷腦筋的就是庫洛伊薩斯本人沒有惡意，而且他也不在乎自己的行為會給周圍的人造成多大的困擾。

自己的興趣與研究當前，這一切都只是瑣碎的小事，不成問題。

可以理解為什麼會有人說他跟一頭栽進興趣中的傑羅斯是同類。

「好了，接下來我要先把在迷宮內應注意的事項告訴你們。如同方才所說，必須小心陷阱。不知道設置在什麼地方，而且表面通常都會施加偽裝，所以很難發現。啊，因為這是訓練，所以我和好色村不會使用『搜索陷阱』，不過你們可以用。」

「必須要思考魔力該如何分配使用呢……墜落陷阱一類的感覺比較容易靠肉眼發現就是了。」

「如同茨維特所言，最具代表性的就是墜落陷阱，這個只要確認地面上是否有不自然的裂痕，便意外的容易發現。畢竟在地面上就能看到一道又直又長的奇怪裂痕，不是什麼超級菜鳥的話，都不會上當吧。雖然別站在陷阱的正上方，上頭的蓋子就不會打開，不過墜落陷阱裡面也有那種每隔一段時間就會自動開啟的類型，要特別留意。」

「嘿嘿嘿……我也中過那種陷阱。雖然因此逃過一劫了啦～咿嘿嘿嘿。」

『『這傢伙真的不要緊嗎？』』

他們有點擔心精神狀態不太穩定的好色村。

雖然不想過問好色村的隱情，但兩人開始認真思考是否該帶著他繼續前進了。而且仔細想想，即使他不在，好像也沒什麼問題。

「好色村小弟，你要是身體狀況欠佳，可以留在村子裡等我們喔？畢竟你這個狀況，要是中了陷阱可就糟了。」

「大叔，你是打算要拋棄我嗎！」

「你為什麼會是這反應啊？」

「我不要去村子裡、我不要去村子裡、我不要去村子裡、我不要去村子裡、我不要去村子裡……」

大叔愈發困惑。

對好色村來說危險的不是迷宮，而是駐留在阿哈恩村裡的「唔呼好男人♡」傭兵小隊。

以別種意義來說，他待在迷宮裡面還比較安全。

「好色村，你這樣真的能擔任護衛嗎？」

「與其要我回村裡……不，傭兵公會，要我殺多～少隻魔物都行啦！」

「不是，我們這次的主要目的是開採礦石和採集藥草喔？而且我們打算要好好遵守傭兵公會的規範。」

儘管與魔物交手是預料之內的事，但是沒人知道什麼時候有可能會發生意外。

可是現在這個狀態下的好色村反而像是會引發意外的樣子，更令人擔心。

「好了，我們趕快走吧。跟在我後面……啊，好色村，注意天花板——」

「喔哇啊！」

傑羅斯出聲提醒的瞬間，好色村在危急之際，狼狽地躲開了突然從天花板射下來的長槍。

讓人擔心他的骨頭有沒有出什麼問題。

「……我之前來的時候，這種地方可沒有陷阱啊！我又沒踩到開關！」

「應該是隨機陷阱吧？你們兩個，陷阱中也有像剛剛這種會突然發動的類型，要時時保持警戒，小心前進。」

「好……還在入口附近，就突然來這下震撼教育啊。」

「迷宮真的很恐怖呢……」

「你們不擔心我嗎？喂，你們都不擔心我嗎？」

傑羅斯不認為同是轉生者的好色村會如此輕易喪命，茨維特和瑟雷絲緹娜也抱持著「這傢伙一定能像打不死的蟑螂一樣活下來」這種毫無根據的想法。

很難說這裡頭到底有沒有包含著對他的信賴。

好色村看到眾人的態度，只能悶悶地嘆氣說著「大家好冷淡……我要哭了喔？喂，我可以哭吧？」之類的喪氣話。

◇◇◇◇◇◇◇

一行人繼續探索迷宮，輕鬆地在第一層的頭目房裡打倒了由「大哥布林」率領的哥布林小隊後，來到了迷宮的第二層。

那裡有著一片難以想像是地下世界的寬廣森林。

「……這就是迷宮內的領域嗎。雖然我有聽說過，不過還真不得了啊。」

「居然真的有一片森林耶。這些陽光到底是從哪裡來的啊？」

「出現的魔物有哥布林、獸人、布爾魔豬、森林狼、紅鷹、獨角兔等等，是在外頭也很常見的種類呢。這裡以前只是一條普通的坑道啊……」

「我中了落穴射手後是掉到了雪山裡，不過那裡是第幾層啊……那時候真有夠冷的～」

「咦？我第二次刻意去踩陷阱後是掉到了毒氣濕地耶？內部構造果然改變了呢。這裡頭到底有多少區域啊……」

傑羅斯曾一度挺進最底層，不過他也不可能記住每一個樓層。

途中也有一些難以判斷是第幾層，僅有坑道的區域，再說他也沒有繪製地圖，所以傑羅斯記憶中的迷宮構造也相當模糊。

雖然在比較淺層的地方就發現了礦脈，但既然這迷宮會頻繁地改變結構，也就不太能指望這項情報能派上用場了。

不過還是可以當作參考。

「傭兵公會是有發出採集藥草的委託，可是這座迷宮對新手傭兵來說難度太高了吧。畢竟在一樓就會突然冒出陷阱耶。」

「好色村竟然有去確認過公會的告示板？怎麼可能會有這種事……」

「同志，你太過分了吧！你該不會以為我都沒在用腦吧？」

「…………」

平時的行為將決定一個人的評價。

茨維特當然認為好色村是個「不用腦的笨蛋」，他一句話也不說就是最好的證明。

好色村發現自己完全不被信任，真的想哭了。

不過這也是他自作自受。

「嗯？馬上就有客人上門了喔。五隻哥布林，你們好好加油吧。」

「唉，這些傢伙是好解決啦。」

「其實我不太喜歡殺生……」

茨維特舉起大劍，瑟雷絲緹娜則是以權杖迎戰。

這些哥布林比生存在某大深綠地帶的哥布林弱上許多，戰鬥很快就結束了。

看著只留下魔石便消滅而去的哥布林，兩人非常吃驚。

「這、這就是所謂被迷宮吞噬嗎……我還是第一次看到。畢竟我在上面沒有特別觀察，就一路走到這裡了。」

「那個……這樣有辦法取得魔物身上的素材嗎？牠們只留下魔石後就消失了耶。」

「如果動作不夠熟練，我想連森林狼的毛皮都剝不下來吧。小緹娜，妳要試著挑戰肢解魔物嗎？」

「雖然有個體的差異，不過魔物有時候會由於持有魔力，讓毛皮那些東西不至於消失，殘留在原處喔。會有點難處理就是了。」

「魔力少的魔物會立刻被迷宮吞噬，頂多只有蘊含有較多魔力的部位會殘留下來。那這樣要怎麼把素材帶回去啊？」

在迷宮裡打倒的魔物和素材會在短時間內消失。

即使活用支解技能取得了素材，隨著時間經過，戰利品也全都會被迷宮吸收。為了防止這個狀況，必須攜帶經過特殊加工的背包或皮袋，然而實際上大多傭兵都沒有這類道具。

隸屬於公會的搬運工手上當然有這種道具，但僱用他們也是一筆開銷，所以大多傭兵都把希望放在能夠在迷宮內碰巧發現這種道具上。

正因如此，中級以下的傭兵能夠帶回去的，大概只有不知為何不會被吸收的魔石或藥草之類的採集物，或者魔物身上含有魔力的某些特定部位而已。

「……師傅，我們身上可沒有那麼方便的包包喔？」

「別擔心，沒問題。其實我偷偷準備了。我可是萬……有很多失。」

「我比較希望你這時候可以清楚地說出『萬無一失』耶……」

大叔從物品欄中取出背包，交給了茨維特和瑟雷絲緹娜。

茨維特接下的是一個普通的皮製背包，瑟雷絲緹娜手中的卻是一個兔子造型的粉紅色兒童用背包。

「「…………」」

「呵……這是把用阿刺克涅之線織成的毛巾覆在用布爾魔豬皮製成的背包上的特製品。我不太擅長做這種夢幻可愛的東西，可是經歷了一番苦戰呢。」

「不是，大叔……你這玩意兒不妥吧。這不管怎麼看都是給小孩子揹的……」

「不過性能可是一流的喔？不僅可以防範迷宮的吸收效果，還是個魔術背包！能夠裝得下一隻大型山怪喔。」

「「…………」」

收到魔術背包是很令人高興，但這外觀實在太尷尬了。

足以讓她收到的喜悅煙消雲散。

能裝下全長八公尺的大型山怪，表示這個道具包確實擁有國寶級價值的超群性能。

可是從現實層面來看，在軍事行動中揹起這個背包，不僅會因為過於引人注目而被敵人盯上，太像兒童背包這點也實在丟臉。

簡單來說，這個夢幻可愛的風格是最無謂的要素。

而傑羅斯這個大叔就是會在這種無謂的地方使出全力。

「我們趕快走吧。第三層好像長有大量的藥草，是個沒那麼多人知道的好地方。」

「我…………真的…………要揹……這個嗎？雖然……很可愛……是很可愛…………」

「性能毫無疑問的非常出色……可是為什麼要加上這種無謂的裝飾啊。我不懂師傅在想什麼。」

「同志，別擔心。我也不懂大叔在想什麼……」

話說這座阿哈恩廢礦坑迷宮裡，每一層都有所謂的頭目房。

雖然頭目的實力比棲息在該層的其他魔物強上一截，不過依然是現在的茨維特等人可以從容應付的對手。至少在較接近上方的樓層不會出現會使用魔法的對手。

一行人抵達了第二層頭目房，在那裡等待的是以「獸人戰士長」為首，由五隻獸人組成的小隊。

「豬出現了。」

「因為除了『肉獸人』之外的都不能吃，大概只能打倒牠們拿魔石了。茨維特你們應該也能輕鬆搞定吧。」

「光靠我們來應付嗎？」

「這裡有五隻獸人耶！」

「有危險的話我會出手救你們的。加油啊～」

「不不不，我說大叔啊，要是讓公爵家的少爺和大小姐受傷了，也很傷腦筋啊……」

「好了好了，讓我看看你們至今為止的訓練成果吧。你們的實力長進到什麼程度了呢～♪」

「「……他是不是很樂在其中啊？」」

獸人戰士長是獸人種中智商較高的魔物。

雖然他們四個人在那邊拖拖拉拉的時候是有機會發動攻擊，不過牠看穿了大叔和好色村的實力堅強這點，所以提高了警戒並保持距離，在周圍晃來晃去。

其他獸人也注意到隊長有所防備，拿好了手上的武器，沒有輕舉妄動。

「沒辦法了……這是實戰訓練。」

「老師真嚴格……」

「噗吱嘰咿咿咿咿！」

意識到對手只有茨維特兩人後，獸人戰士長下達了攻擊指令。

四隻獸人兵分二路，分別以茨維特和瑟雷絲緹娜為目標，打算從左右兩方加以攻擊。

「「強化身體！」」

不經詠唱地使用強化魔法後，茨維特和瑟雷絲緹娜一舉拉近與獸人戰士長之間的距離。

獸人戰士長鎖定他們兩人，舉起手中的棍棒，朝著茨維特揮下。

「我哪會讓你得逞！」

茨維特用大劍接住了從右斜上方揮下的棍棒。

「……唔！」

接下這比想像中更沉重的一擊，手上傳來的衝擊令茨維特稍微皺起了眉頭。

「就是這裡！」

瑟雷絲緹娜沒有放過這瞬間的機會。

她趁著茨維特用大劍扛住獸人戰士長棍棒的空檔，以手中的權杖瞄準獸人戰士長的手臂，朝著敵人的手肘重重敲下。

在「喀啦！」的噁心聲音響起的那刹那，獸人戰士長發出了痛苦的哀嚎。

「嘎啊啊啊啊啊啊啊啊啊啊啊啊啊啊啊！」

「去死吧！」

茨維特抓準了敵人因疼痛而分心的空檔，重新舉起大劍，瞄準獸人戰士長頭部高高舉起，並憑著一股蠻力揮下。

儘管稍微偏離了目測的位置，大劍仍埋進了獸人戰士長的頭部。

就算是強健且擁有再生能力的獸人戰士長，被劍砍中頭部仍是當場陣亡。

「剩下四隻！哥哥，右邊的獸人就交給你了。」

「妳能同時應付兩隻嗎？算了，反正有危險的話我會去幫妳的。」

或許是因為領隊的獸人戰士長被打敗了吧，心生動搖的獸人們開始四處逃竄。

儘管如此，牠們還是沒有跑往傑羅斯和好色村所在的方向。

「瞬間就幹掉了獸人戰士長耶……同志意外地強啊。我根本沒有機會上場嘛。」

「畢竟他們有在訓練啊～這點程度還應付得了吧。」

「我記得這個世界不是像遊戲那樣的等級制吧……」

「只要鍛鍊就會有成果這點，不論在哪個世界都是一樣的喔。如果你因為有等級差距就掉以輕心，說不定會就連瑟雷絲緹娜小姐都能輕鬆勝過你喔？」

「我該不會變成不需要的人了吧？我又要沒工作了？我不要啦～～！」

「這些話你就算跟我說也沒用啊～與我無關。」

就在兩人抬槓的期間，瑟雷絲緹娜用權杖痛揍，茨維特則是以大劍痛宰了獸人。

由於兩人遵循擒賊先擒王的道理，先打倒了領袖，於是在短時間內便鎮壓了頭目房裡的獸人們。傑羅斯也很滿意這個成果。

「這種程度的敵人還真的不算什麼。」

「好像沒有寶箱呢。」

「啊～如果是在第二或第三層，就算發現寶箱，裡頭的東西也不值得期待喔。」

「好色村先生，你好了解這些事喔。」

「還好啦。是因為迷宮上層的魔力濃度低，寶箱的內容物也沒封入多少魔力，開出來的東西基本上跟破銅爛鐵沒兩樣。」

「魔力濃度的落差竟然會影響到寶箱的內容物……迷宮到底是基於什麼樣的原理運作的啊？真是神奇……」

『…………』

仔細想想，迷宮這東西本身就充滿了謎團。

一般都是將迷宮視為一種領域型的魔物，可是迷宮擁有能在地底空間製造出廣大的森林領域這種正常來說根本無法想像的力量。

既然擁有這麼強大的力量，應該不用特地從外界引誘生物進來當成食物才對吧。如果要把迷宮當成魔物來看待，也是一邊移動一邊捕食獵物的效率會更好。

雖然可以理解迷宮為了引誘外界生物前來，而設置了寶箱之類的誘餌，可是寶箱裡頭偶爾會開出性能非常誇張的魔導具或武器，盡是些無論怎麼想都需要有專門知識才能打造的東西。

其中甚至有迷宮具有迷宮核心這種能被人為破壞的弱點。

真要把迷宮當成生物來看待的話，除非迷宮企圖自滅，不然實在無法解釋迷宮為何要打造出能殺死自己的武器。

而且在這些問題之前，迷宮能產生出武器或道具這類人工產物的機制就相當的不可思議。

有一種說法是「迷宮無法吸收被打倒的傭兵留下的武器或道具，這些東西便在高密度的魔力下變質，獲得了強大的力量」，但若是這個說法屬實，就表示原本的武器經過了加工及改良。

關於可在迷宮內發現的寶箱，也充分體現了迷宮的構造非常了解人類的欲望。

如果迷宮是由某人設計並打造出的產物，那還可以理解，但要是這一切全是迷宮核心一手促成的，就表示迷宮本身擁有高度的智能。

此外，在迷宮內成長的魔物不需要食物。以生物學觀點來看這點也很奇怪。

愈想愈覺得迷宮這種存在太難以理解，甚至不知道它為何而存在。雖然迷宮也正因為如此才顯得神祕，不過在異世界人的眼中，只覺得迷宮既不自然又詭異。

硬要說的話，比較像是傑羅斯他們玩過的ＶＲ遊戲吧。

「迷宮到底是什麼呢～……」

大叔逕自嘀咕，沒特別想說給誰聽。

看著學生們的背影，傑羅斯仍對迷宮的存在抱持著警戒。

戒備著這個在一定領域內被創造出來的世界——

第八話　大叔發動了美乃滋恐怖攻擊

迷宮，那是欲望橫流的魔窟。

造訪此處的理由，著實因人而異。

例如——

「唔哈哈哈哈哈，即使在較高的樓層也有不少嘛！來，茨維特你也來挖！挖、挖啊～挖光它！」

「你為什麼這麼興奮啊……這全都不是什麼稀有金屬，只是鐵礦吧。」

「你看仔細了。這裡頭還混著紅鐵、黑鐵、微量的金、銀、銅、錫、鋅，甚至還有祕銀喔？只要運用魔導鍊成，就算為數不多，還是能取得稀有金屬喔！」

「不是啊，我又做不到師傅你那種程度的魔導鍊成。我連這礦石裡面哪裡含有祕銀都不曉得了，更不可能把祕銀提煉出來吧。」

「這部分我會處理，你只要充滿活力的揮動十字鎬就好了。為了一點點祕銀而死命地挖……」

「死命地？」

「不對，我說錯了。是挖到死為止。」

「你這話比剛剛還要過分耶！」

——為了挖礦而造訪迷宮的人。

或是——

「這是『黏黏苔蘚』呢。好像可以拿來製作魔力藥水。」

「嗚哇，黏呼呼的……這個真的是苔蘚嗎？不是黏菌？或者是某種史萊姆……我們竟然喝著用這種材料做成的魔法藥啊。」

「是苔蘚喔？啊，這個是『骨蘑菇』耶。是少數生長在骨頭上的蘑菇，具有強化免疫能力的效果喔。」

「照理來說，在迷宮裡打倒的魔物會消失才對啊……為什麼骨頭會殘留下來啊？」

——採集調合用素材的人，以及擔任其護衛的人。

儘管挑戰迷宮的人或多或少都有明確的目的，然而目前在場的人毫無疑問的只是為了滿足自身的嗜好而失去控制，或只是來進行個人的學術調查罷了。

也正因為這裡是極為危險的迷宮，當然會有魔物前來襲擊他們，不過……

「吼嚕嚕嚕嚕……」

「大叔，是地精！」

「吃我的雙重十字鎬……迴～力～鏢～～～～～～～！」

大叔擲出的十字鎬擊退多隻地精後，再次回到他手中。

顯然違反了物理法則。

「好了，繼續挖吧。回收魔石的工作就交給好色村了。」

「「一副什麼事都沒發生過的樣子……」」

……魔物來襲對於不合常規的人來說根本沒有意義。

這些魔物就像是為了被打倒才特地現身的。

甚至令人感到人生無常。

「我說大叔啊……我待在這裡有什麼意義嗎？出現的魔物都被你解決了。小弟我是護衛吧？該不會沒有我護衛也無所謂……根本不需要我？」

「喔，這可不行……我一個不小心就照平常的習慣解決魔物了。好色村小弟，不好意思啊，用一把十字鎬打倒礙事的傢伙是我習慣的作風。」

「的確不需要好色村呢，有師傅一個人就夠了吧。你……為什麼在這裡啊？」

「你問我？你要問我？我說你為什麼要問我？真的是……我為什麼在這裡啊！」

理應是來擔任護衛的好色村失去了存在意義。

畢竟傑羅斯一旦發現敵人，就會下意識地產生反應，攻擊敵人。

剛才雖然是用十字鎬攻擊，不過至今出現的魔物他全是靠丟石頭殲滅的，這麼一來好色村根本就只是薪水小偷。

讓人在他身上感受到跟魔物不同的人生無常。

「喔，是綠寶石……」

「這不算大呢，頂多只能用來鑲在戒指上吧？」

「戒指啊……」

茨維特的腦海中不知為何閃過了克莉絲汀的臉。

「……師傅，你說你會負責取出鐵礦石內蘊含的祕銀對吧？」

「嗯？這點小事我可以在製做金屬塊的時候順便完成，不過你怎麼問這個？」

「好，那我要盡量多挖點祕銀出來。」

「喔？突然拿出幹勁了啊。」

傑羅斯的目的是用在個人興趣上的礦物，茨維特則是基於淡淡的愛戀衝動而努力挖掘，瑟雷絲緹娜顧著採集調合素材，好色村則是為了擔任護衛和領薪水，大家都為了滿足個人的欲望而行動著。

不得不說他們實在沒什麼意識到這裡是危險地帶，然而對於知道傑羅斯有多強的這三個人來說，沒有比待在大叔身邊更安全的地方了。

「我手邊還有山銅和其他稀有金屬，所以現在只要採鐵礦就夠了。之後再把這些製成合金，嘿嘿嘿……」

大叔繼續挖礦。

他就只是不斷地挖著鐵礦。

揮舞十字鎬的速度根本超越了人類，敲打聲礦脈的聲音簡直是重型機械。

◇　◇　◇　◇　◇　◇

傑羅斯一行人就這樣花了一段時間採礦，不過人既然有活動，肚子當然會餓。

當一行人像礦工那樣，一副「幹完活啦！」的樣子走出洞窟後，就發現岩山前方是一座清澈的湖泊。

「拓展於眼前的大自然……美麗的湖泊。很不真實吧，這裡可是迷宮裡面喔？」

「好色村啊，為什麼你要用弟弟因為意外喪命的哥哥的口氣說話啊。」

「我看過那本書喔？」

『『……一定是抄襲作品。』』

儘管心裡這樣想卻沒有說出口，算是大叔和好色村的體貼之處。

「是目標是成為騎士的弟弟，和因為顧慮弟弟而以成為格鬥家為目標的哥哥，以及與這兩人相關的女主角交織出的愛情故事對吧。在發生意外之後，哥哥想要完成弟弟的遺志，轉而走上騎士的道路，卻因為青梅竹馬的女性莫名的受到許多男性角色的青睞，最後女主角在武鬥會場上解除了和哥哥之間的婚約。這種解除婚約的模式還滿常見的，最近很流行這套嗎？」

「「這故事不太對……」」

看來是在某個著名的奇幻作品上加入了女性向戀愛遊戲的要素。

而且還是壞結局。

抄襲也該有個限度吧。

「書裡的內容不重要吧。比起這個，我覺得要在哪裡休息才是個問題。」

「說得也是，湖泊占據了這個區域的大部分面積，沒有多少森林。能安全休息的地方很有限。」

「這層樓的敵人只有地精那種程度的話是不成問題，可是我不想在休息到一半的時候被攻擊啊。」

「想製作金屬塊的話，還是挑個魔物出現率低的地方比較好。湖畔就先不考慮了。」

「這是為什麼啊？師傅。」

「陸地少、湖面寬廣……很有可能會被水生魔物襲擊吧？」

從迷宮的模式來看，大叔認為這裡有很高的機率會出現棲息於水中的魔物。

尤其從湖泊這種地形來看，要應付蜥蜴人或半魚人這種成群行動的魔物也很麻煩。

畢竟這次的目的是挖礦和採集。只要悠哉地探索，取得必要的物品也就夠了。

「大叔，那邊的山崖上有一塊岩棚耶？」

「嗯，如果用『蓋亞操控』造出樓梯，就可以在上面安全地休息了吧。」

「要打造一個臨時據點時很方便呢。那是師傅自創的魔法吧？」

「感覺可以依據使用者的魔力狀況，運用在各種情況下呢。」

決定要在山崖上的岩棚休息，四人走向山崖下方。

儘管岩棚高度大約有八公尺，大叔還是一邊哼著歌一邊打造樓梯，一行人順利地走到了岩棚上。

清澈透明的湖泊就在他們的正下方。

「這個也順便。」

傑羅斯在岩棚上弄出了石窯和石桌。

「……真的可以三兩下就弄出一個據點了耶。把這魔法運用在戰略上的話，那可不得了啊。」

「同志，是這樣嗎？」

「嗯……如果讓騎士團的人都學會這招，就能打造出一支出色的工兵部隊。即使是難以攻陷的要塞，只要在地底挖一條隧道，就有機會攻下吧。」

「啊啊～設置軍營也會變得輕鬆許多呢。只要挖出壕溝，就能有效防止敵人攻擊，在戰場上的需求性應該很高。」

「戰爭中也是需要進行土木工程的，布陣的狀況也會讓戰術變得更為複雜。這要是洩漏給敵軍知道，可是相當麻煩的魔法啊。」

不愧是有在鑽研戰術的人，茨維特意識到了土木工程魔法「蓋亞控制」的危險性。

能利用來布陣是不錯，然而要是被敵人拿去運用，難保敵人不會在我國內建立據點。

而且要是以用過就丟的前提，在這類據點內設置了陷阱，肯定會對我軍造成損傷。就算以部隊來看不是嚴重的損害，以軍隊的角度來看仍是莫大的損失。

「方便運用在各種方面也有它的麻煩之處呢。」

「是啊……戰爭無法脫離土木工程。要是讓敵人在我軍未注意到的位置建立了據點，偵察部隊也會很辛苦吧。尤其地下據點更是麻煩。」

也有讓工兵部隊潛入敵國內，慢慢建設據點的做法。

之後只要讓負責進行破壞工作的特殊部隊與工兵部隊會合，就可以一邊挑起戰爭，一邊在對方國內進行擾亂或恐怖行動了。也不必特地去敵國內借用可以做為據點使用的民家。

一旦設置好據點，剩下的問題就是糧食等儲備物資，不過這只要佯裝成商人出外採買就能解決了。

「事情真有這麼容易嗎？就算是少數精銳，一樣是凡走過必留下痕跡吧？」

「好色村你這下還真問到重點了，不過軍隊不會總是顧著國內。而且王政國家的軍隊大多是治理各處領地貴族的私有部隊，指揮也交由那些貴族負責。而在眾多貴族裡，也是有那種手上雖然握有兵力，在領地管理上卻相當輕率的人在。多的是辦法。」

「那只要把軍隊跟衛兵分開管理不就好了？」

「這麼一來，軍隊跟衛兵之間會互相爭奪地盤吧。還是統一發號司令會比較輕鬆……」

「抱歉在你們聊到一半時打斷你們，我要去打點水來。這段時間的護衛工作就交給好色村了。」

兩人回過神來才發現岩棚已經在不知不覺間變成展望台了。

儘管大叔只是抱著玩玩的心態，不過好色村對於傑羅斯以及他所使用的，能在這麼短的時間內就建好一座展望台的魔法，也有著和茨維特相同的危機意識。

「同志……這個確實很危險呢。」

「……對吧？」

這是讓人重新體會到，將泛用魔法用作軍事用途是多具有威脅性的瞬間。

即使不像傑羅斯這樣能隻身打造據點，只要增派人手就很有可能辦得到這件事。如果能靠兵力決定效率，就連在一夜之間建起一座要塞都有可能實現。

這真的不是可以洩漏給其他國家的魔法。

◇◇◇◇◇◇

三分鐘後，傑羅斯哼著動畫歌曲回來了。

除了他以外的人都不諳廚藝，所以下廚這件事果然還是只能靠他自己完成。

在野外露營的時候，食物香氣有可能會引來敵人，所以就算可以補充活力，會選擇在野外開伙下廚的傭兵並不多。大多是用可以長久保存的鹹肉乾或是硬麵包來充飢。

雖然作為野外求生技術的一環，料理算是必備的技能，不過實際上能在露營時烹調食物的，僅有以組織為單位行動的傭兵團隊，或者是軍隊那樣的防衛組織。除此之外的對象，在露營時烹飪的危險性都太高了。

不過這邊講的是在一般的情況下。

「「「…………」」」

擺在茨維特等人眼前的料理有生菜沙拉、蔬菜炒肉，甚至還貼心的附了湯。

如果說這裡是自己家或是簡餐店，那還可以理解，但他們可是在有魔物出沒的迷宮裡。大多數傭兵都不會在迷宮裡吃到這樣的一餐吧。

而做出這些料理的傑羅斯，現在正在用非常正統的石窯烤著麵包。

「……這狀況不奇怪嗎？」

「在迷宮裡面下廚不要緊嗎？香氣不會吸引魔物過來嗎？」

「我倒是被大叔的廚藝之高給嚇到了。這應該是在迷宮裡採到的野草，還有肉吧？這個人的野外求生能力到底有多高啊。」

「老師現在正在烤的麵包……飄出了奶油的香味。」

「大叔身旁那個圓形的麵團還有食材……他該不會要烤披薩吧！」

「真豐盛。即使是軍隊訓練，也沒人會做到這種程度啊……」

建設據點還可以理解。

可是在魔物到處遊蕩的迷宮裡做菜，實在是做得太過火了點。

嗅覺靈敏的魔物通常具有集體行動的傾向，無論獵物在多遠之處，都能夠敏銳地察覺，並集體襲擊而來。甚至有可能因為放個屁，就招致生命危險。

像傑羅斯這樣端出一道道紮實料理的狀況，以一般常識來說根本是無法想像的愚蠢行為。

這話說來理所當然，然而在探索迷宮時追求舒適就是一件莫名其妙的愚蠢行為。

「不過……以傑羅斯先生的實力，迷宮裡的魔物根本不算什麼吧。」

「數量多起來就麻煩了吧？」

「不過哥哥，要來到這座岩棚，首先得走過老師打造的狹窄樓梯，不覺得迎戰起來會意外的輕鬆嗎？而且我們可以從上面觀察底下的狀況。」

「魔物又不一定只會從底下上來，如果遇到鳥型的魔物該怎麼辦？」

建設在岩棚上的展望台。以鳥型魔物的觀點來看，確實是很容易下手的場所。

魔法不容易命中在空中快速飛行的魔物，所以需要魔導士擁有相應的魔法控制能力和命中率。如果是無法不經詠唱便使用魔法的魔導士，肯定會被抓到吟唱魔法時的空檔，尤其在這種視野遼闊的地方遇襲，確實不好應對。

當茨維特正想跟傑羅斯提起這件事情時——

「啊，忘了設置這個了。」

「「「…………」」」

大叔靈巧地用單手轉著披薩麵團，另一隻手隨手從道具欄取出了弩砲。指尖的麵團因為離心力作用的關係，漸漸拓展為一片圓形餅皮。

順帶一提，這弩砲是配備在基座上，方便瞄準的類型。

安排的簡直是萬無一失。

「好了好了，麵包烤好了沒啊～嗯，烤好了。來！剛出爐的麵包，久等啦！」

「大叔真的沒有辦不到的事。」

「好色村先生，你怎麼事到如今了還在說這種話……」

「師傅應該沒有辦不到的事情吧？」

「哈哈哈，即使是我也做不到三百六十度旋轉頭部，或者擺出下腰姿勢下樓梯這種事喔？我還是有很多做不到的事情啦。」

『『『要是真的做得到那些，就已經不是人類了吧（呢）……』』』

不過，大叔在某種意義上也已經不當人類了。

「然後，要淋在沙拉上的是這個！大叔特製的『男子漢美～乃滋』！」

「美～乃滋？不是普通的美乃滋嗎？」

「老師連美乃滋都做了嗎？」

「我倒是很想問那個男子漢是打哪來的。該不會是指師傅吧？」

美乃滋本身透過許久以前被召喚到這個世界的勇者之手普及開來，現在已經是有固定食譜，連一般家庭都可以手工製作的醬料了。而且特徵就在於每一家做出來的味道都會有些許不同。

可是傑羅斯做出來的萬能調味料，卻帶著有些可疑的細微差異。

「呵呵……這玩意兒可是會像個男子漢那樣帶來強烈的衝擊喔。明明只是個美乃滋還這麼囂張。」

「不不不，我說大叔啊，你說美乃滋強烈衝擊是怎樣？我完全無法想像啊？」

「我也是。」

「跟普通的美乃滋有什麼不同呢？」

「百聞不如一見，給你們湯匙，嚐一口看看吧～很衝擊喔。」

大叔把裝滿「男子漢美～乃滋」的小壺放在桌上，嘴裡叨唸著「Hey，You嚐一口看看Yo。體驗衝擊快感耶☆」之類的話催促大家。

可疑，實在太可疑了。

不過既然要吃生菜沙拉，終究還是得吃下這可疑的美乃滋。

反正只是遲早的問題，三個人在大叔的催促下決定嚐嚐味道，將湯匙伸進小壺裡面挖了一小口。

接著放進口中……

「嗯？」

「這、這什麼啦～～～～！」

「確實有衝擊的感覺呢……光是這個就足以當主食了吧？」

遭受衝擊了。

如果要換一種說法來形容「男子漢美～乃滋」，就是把超級強烈的鮮味濃縮到極限的超濃醬料。

吃起來的味道確實是美乃滋。但是有一股難以言喻，實在不像是調味料的極品鮮味衝擊在口中擴散開來。不對，是在口中爆炸。

簡直像是在冷笑著說「別迷上我喔，迷上我那可不是燙傷就能了事」一樣。

嚐過這個味道後，無論是誰都可能變成美乃滋愛好者吧。

不對，他們可以明確的斷言，美乃滋愛好者絕對會增加。

「看吧？會直接衝擊味蕾，讓人無法用言語來形容對吧～？所以我才命名為男子漢。因為除此之外真的沒更好的形容詞了。」

「這個……的確。」

「嗯……原料中的蛋的滋味在口中爆炸開來。醋和油也是精挑細選過的吧。簡直像臉上被狠狠揍了一拳那樣，極為濃郁又蘊含壓倒性破壞力的美味啊……」

「我差點就要脫掉衣服了……這什麼啊。是想強行給我冠上裸男這個新稱號嗎？雖然這確實是極具衝擊性，很有男子氣概的味道……」

茨維特等人因這難以忘懷的美味而戰慄不已。

明明應該只是調味料，卻濃縮了徹底凌駕於所有料理的鮮味，甚至讓人同情起那盤生菜沙拉。

即使抹在麵包上也一樣吧。

「師傅……你讓我們吃這什麼東西啊，這東西可不妙啊！」

「是啊～不過啊～像茨維特你們這種實戰派的魔導士，應該知道這東西有多優秀吧？」

「這話是什麼意思？」

「美乃滋本身就是能充分補充營養的調味料喔。甚至有登山遇難的人，仰賴美乃滋而得以存活下來的案例呢。」

「這個……」

遇難者藉由美乃滋存活。

這就代表在戰場上孤立無援時，也可將美乃滋拿成緊急糧食。

美乃滋的熱量很高，在疲勞時也可以輕鬆的攝取最低限度的必要營養素。不僅如此，食用美乃滋時也不會因為烹調過程產生氣味與油煙而被敵人察覺所在的位置。

再加上這款「男子漢美～乃滋」比一般的美乃滋更加濃郁。而且因為材料之中加了醋，具有抗菌效果，儘管如此高熱量，還是能長久保存。

以緊急糧食的角度來看，確實極為優秀。

「等一下！大叔……如果是普通的美乃滋還好說，這個玩意兒太危險了。難道你忘了美乃滋有成癮性嗎？」

「反正好吃，無所謂吧。而且也不像毒品那些危險藥物會影響到身體機能啊？不過我是不知道吃太多會怎樣啦。」

「你覺得人們有辦法克制自己嗎？嚐過這個的味道，就再也無法接受普通美乃滋了啦。你是想增加舔美乃滋怪的數量嗎！」

「那是個人的問題吧。而且我覺得無論再好吃的東西，每天吃總是會膩的啊。」

「「「不可能啦（的）。」」」

美乃滋確實由於熱量高，每天吃有可能會對健康造成不良影響，然而味道是更為嚴重的問題。

這款「男子漢美～乃滋」實在太好吃，絕對會有人無法克制地一直偷吃。如果今天換成是軍隊的軍糧被人這樣偷吃，可是一大問題。

這味道鮮美到一個不小心，部隊就有可能會因為美乃滋而毀滅。

事實上，他們三人至今始終無法停下挖美乃滋的手。

「不過就是個美乃滋，你們太小題大作了啦～」

「「它就是這麼好吃啊！」」

「怎麼辦……我的手，我的手停不下來啊。」

大叔特製的「男子漢美～乃滋」，幾乎是跟以一擋百的勇者沒兩樣的凶狠兵器。

「你到底是用了什麼的蛋？這味道的濃厚程度可不尋常啊。」

「我就普通的拿了咕咕的蛋來用啊？」

「那個……老師，我想美乃滋一般都是用大鶴鶉蛋來做的……」

「大鶴鶉？鶴鶉是說那個鶴鶉嗎？大隻的鶴鶉？」

「不是，大叔……那個外表看起來不是鶴鶉喔？是長得很醜，有點像火雞那種……」

「那不就是火雞嗎？我真想整隻烤來吃吃看呢。不過先別管那些事了，菜都要涼了，趕快趁熱吃吧。」

「「「…………」」」

「啊，我現在要烤的披薩要不要試著用美乃滋調味啊？烤過之後又別有一番風味喔。」

餐點雖然美味，然而三人的腦中卻只留下了「男子漢美～乃滋」的味道。

甚至能蓋過主菜（主角）風味的壓倒性破壞力。這就是大叔調製出的驚人調味料「男子漢美～乃滋」。而披薩也因此成了令人吃到停不下來的極品美食。

三人事後表示，過去從未帶著如此複雜的心情用餐……

而除此之外——

「師傅，我不知為何得到了『毒抗性』、『麻痺抗性』的技能，還順便連『混亂抗性』的技能都拿到了……而且技能等級還一口氣升到了十級喔？」

「我也是。」

「我的抗性也往上升了一級耶……」

「這樣啊。為什麼呢……」

——大叔果然又幹了什麼好事。

◇　◇　◇　◇　◇　◇

飯後，傑羅斯以魔導練成將礦石製成塊狀。

瑟雷絲緹娜拿出研缽磨碎藥草，茨維特則是在用鐵鎚敲碎挖到的寶石原石，取出寶石。

而負責看守的好色村，發現化為展望台的岩棚底下有些不對勁。

「大叔……來一下。」

「嗯～？怎麼了。」

「湖面冒出的水泡有點多，會不會是有魔物？」
「畢竟這裡是迷宮，還是有棲息在水裡的魔物吧。」
大叔正專心製作金屬塊，應對得很隨便。
就在兩人這樣一來一往之間，好幾個像是背鰭的物體冒出了水面。
「大叔……」
「怎麼了？」
「看來是魚系的魔物……我猜應該是半魚人……」
「吃了不就得了？」
「我才不想吃半魚人！不是啦，看起來好像出現了一大群……」
「交給你了。護衛是你的工作吧？」
大叔還是隨便打發過去了。
那些應該是半魚人的魔物登陸之後開始移動。
數量約莫上百隻，成群結隊的朝著林木稀疏的森林深處前進。
『那點數量就算是我也可以輕鬆搞定啦。啊～不過我不想沾到半魚人噴出來的血，感覺腥味很重。該怎麼辦呢……嗯？』
正當好色村猶豫著要不要去屠殺半魚人時，看見湖水中間浮現出了某個東西。不，不僅是中央，是整座湖面上浮現了一條線。
「水裡好像有什麼東西浮上來了……」

間。

「喔～……」

「那是一條路嗎？沙子路……不，是橋！有一座橋從湖底浮上來了。」

好色村目睹了一座從他們目前所在的岩棚正下方，一路延伸到湖泊中央的橋靜靜地浮上水面的瞬

「畢竟這是一座成長中的迷宮，也是會發生這種事情的吧。你把它當成擴張工程不就好了？」

「不不不，你為什麼還這麼悠哉啊！這個區域的構造現在正要產生變化耶！你覺得待在迷宮裡的我們不會有事嗎？」

「啊……」

大叔終於發現好色村在緊張什麼了。

在抵達這裡的途中，他們曾聽見好幾次地鳴般的聲響。

也就是說迷宮這個當下正在進行結構變化，而這樣的變化即使發生在傑羅斯等人面前也不是什麼奇怪的事。

不過即使如此，大叔依然覺得沒必要慌張，他甚至很好奇到底會產生什麼變化。

「喂，你說出現了一座橋？」

「喔喔，同志！你快點打醒這個大叔。他都不好好聽人說話。」

「你很失禮耶。嗯～我瞧瞧……哎呀，喔喔～這是……」

這座橋簡直像是飽經風霜摧殘的遺跡。

橋梁採用了分散基石重量的拱橋結構。儘管有些破損，但橋上每隔一段距離，上頭就刻有左右對稱

的精美雕刻。很明顯是人為建造的。

這座橋連接著一個與橋一同浮現的小島，島上有像是遺跡的建築物。

「……迷宮到底是從哪生出這些東西的？」

「這看起來是經歷過幾千年的遺物了呢。如果迷宮真的擁有獨立意志，是花了很多工夫思考設計出這種東西的嗎？話說在橋梁那一側的島嶼遺跡……不，應該是神殿遺跡吧？很令人在意啊。」

「我不管怎麼想，都覺得那是通往下一層的路就是了……大叔，要去調查看看嗎？」

「該怎麼辦呢……」

依照傭兵公會的情報，經由湖泊對岸的洞窟可以通往第三層，然而這是一條新出現的路線。

對傑羅斯來說，這情況確實挑起了他的冒險心，可是不知道接下來的區域有多危險，他就不能隨便帶著茨維特與瑟雷絲緹娜兩人前去挑戰。

這情況令他十分煩惱。

「我在傭兵公會是有聽說上段樓層的變化不大，不過這項情報顯然不太可靠吶。好了好了，這下該怎麼辦呢。」

「在一般情況下，我應該會擔心起回程的路線，可是有師傅在這裡，就不知道為什麼不會感到不安呢。」

「因為就算真的發展成最糟糕的狀況，我也只要用殲滅魔法打穿天花板就好啦。這也是一種寶貴的經驗。」

「那個……大叔？要是你打穿天花板時波及到樓上的傭兵，你打算怎麼辦？」

「說是緊急情況下的應變措施，矇混帶過不就好了？」

「「不行啦！」」

傑羅斯以前在這座迷宮裡救人的時候，曾有過施放廣範圍殲滅魔法，強行開出了一條通往樓上路線的前科。

那時的情況不過是殲滅沙地蠕蟲所造成的後果，不過若是為了緊急逃脫而使用殲滅魔法，一旦牽連到其他傭兵，即使只是過失致死也會被問罪吧。

這麼一來大叔的實力就會在國內傳開，即使免於牢獄之災，也肯定會遭到國家的監視及管控。

老實說使用這個最終手段，對他一點好處都沒有。

『事情肯定會變得很麻煩哪……好了，去設想最糟的情況下會怎樣的問題，就先到此為止，去附近調查一下吧。如果什麼都沒有那就再好不過了～』

延伸到湖泊中央的橋梁出現一事，怎麼想都是大規模擴張的前兆。

如果擴張僅限於這第三層就還好，但要是牽涉到樓上，就必須把茨維特兄妹的體力也考慮進去。

這兩人不像傑羅斯或好色村是作弊玩家。既然不知道產生了多大的變化，就不能在這裡浪費兩人的體力。

「我們先趕快收拾好現場的東西，開始探索周遭吧。先假設我們現在處於謹慎程度必須媲美身處法芙蘭大深綠地帶的狀況，冷靜地行動。」

「是！」

「發生了嚴重到師傅必須這樣說的狀況嗎……」

「我本人是希望什麼事都沒發生啦。」

「大叔，你這就叫做插旗……對不起，請不要瞪我。」

四人急忙收拾現場。

在這個仍未完成的迷宮裡，完全不知道會發生怎樣的緊急狀況。

有可能因為情況改變，而必須先往樓下前進才能回到樓上。要判斷是否需要做最壞的打算，也得先確認他們來時所走的路線是否依然暢行無阻。

——DoGooooooooooooN！

遠方傳來爆炸聲。

看樣子是傭兵們接觸到了方才上岸的半魚人們。

「傭兵離我們意外的近耶……」

「老師，不用前去搭救他們嗎？」

「只是半魚人，那些傭兵應該逃得掉吧。那些傢伙在陸地上又跑不快。」

「傑羅斯先生……那些半魚人可是有上百隻喔？」

儘管半魚人身上長有手腳，但畢竟是水中生物，不擅長在陸地上作戰。

不過因為數量眾多，傭兵們若是沒有湊齊足夠的人手，確實無法應付。要不要出手搭救，的確是個令人頭痛的問題。

傑羅斯並不想在這時增加拖油瓶。

「話說回來，魔術背包果然很方便耶。」

「跟我和大叔的道具欄或勇者的道具箱相比，沒什麼收納性能可言就是了。當然這東西本身是很方便啦……」

「好色村小弟竟然……有調查過關於勇者的情報？太不吉利了……我有不好的預感。」

「大叔，你這是話什麼意思？」

大叔心中已經建立起了好色村＝笨蛋的認知。

儘管相當失禮，不過不管好色村說了什麼正經的話題都只會換來「這怎麼可能……」的驚訝反應。

「魔術背包……因為我一直很想要，很高興可以拿到，這背包也確實很方便，但是…………這個設計果然還是……」

「從它破格的收納能力來看，也不用在意設計問題吧。」

「那這個小兔兔背包給哥哥你拿去揹……」

「我拒絕。」

就算性能再怎麼厲害，要瑟雷絲緹娜揹著小兔兔背包，她還是會覺得丟臉。

即使想塞給別人，茨維特也不打算把普通的道具包讓給她。傑羅斯和好色村則是原本就不需要。更別說這東西還是傑羅斯製作的。

她只能憤恨不平的瞪著這三個人。

「我有個疑問，為什麼要設計成那樣？大叔你應該可以做得更像樣一點吧。」

「那個本來就是做到一半的庫存，我從那東西的形狀來聯想，順勢做完之後，就做出了這個精美的小兔兔。我真的沒有惡意。」

「可是這個做得很精緻耶？」

「製作普通的東西有什麼好玩的？我認為就是要跳脫既有的想法，才能稱得上是真正的生產職業啊。」

「你也跳脫太多了……」

在「Sword and Sorcery」裡，道具包是在戰鬥時使用的輔助道具。

雖然道具欄可以收納為數眾多的道具，可是遊戲玩得愈久，道具欄裡頭也就愈是雜亂無章，光是要在戰鬥時找出所需的道具就得花上不少時間。

而且道具會自動按字母順序排列，要找出想找的道具本身就是一大工程。

像傑羅斯他們這種已經習慣了的人又另當別論就是了——

可是道具包可以收納的道具種類和數量都有設限，如果在戰鬥中想立刻使用道具恢復，直接從道具包裡拿，速度會比從道具欄的一覽目錄裡尋找快上許多。

由於生產職業可以製作道具包，傑羅斯等人也常會製作道具包來賣，可是做這個不僅很費工夫，還常常會有一些製作途中發現設計品味不佳，覺得即便完成了也賣不出去而放棄繼續製作的半成品，變成收在道具欄裡，沒機會重見天日的永久庫存。

這次大叔就是拿這些庫存出來回收再利用。

「說我跳脫太多也未免太失禮了。只要有人委託，我也打造得出像樣的武器啊。不過委託人得自備素材來找我。」

「要自備素材啊～我本想請你幫我打一把新武器的，但感覺有難度。還是先緩緩吧。」

「師傅，我們收拾完了。」

「好，那我們就來調查這個第三層吧。要是發現什麼令人在意的東西，記得通知我。」

「「「好！（好的！）」」」

於是四人為了調查迷宮內的變化，走下了臨時打造的岩棚展望台。

迷宮內現在仍持續發出詭異的地鳴聲。

第九話　大叔無法理解迷宮的變化

時間回到稍早之前，礦坑迷宮的第二層。

傭兵雙人組在穿過森林區域後的頭目房間裡，成功攻略了這一層。

「唉～……為什麼我會在迷宮裡和魔物戰鬥啊。」

一臉厭煩地喃喃低語的人，是被梅提斯聖法神國召喚至此的勇者之一，「一条渚」。

害她得前來挑戰迷宮的原因。

此刻正站在她的眼前。

「嗯～哥布林的魔石就算拿去賣也賺不了多少錢呢～有沒有哪裡有大型魔物啊……」

老實說渚很想揍眼前的少年──「田邊勝彥」。

幾天前，同樣是勇者的「田邊勝彥」出現在渚打工的餐廳裡。

他突然在渚面前下跪，對愣住的她說：「拜託妳，一条！什麼都別問，借我錢吧！」這種話。

追問他之後，他才招出：「我想要一舉致富所以跑去了賭場，結果手上的錢全輸光了！那女人一路狂贏，讓人不得不懷疑她根本就是出老千。我明天開始要怎麼過活才好……」這些背後的緣由。

渚還以為勝彥去傭兵公會登錄成為傭兵，暫時去做護衛之類的工作了，他卻去賭場輸光了錢，帶著一身麻煩跑來找她。

不用說，渚沒道理要理會勝彥，也拒絕借他錢。

可是勝彥好死不死，居然在她工作的店裡大聲嚷嚷著：「拜託妳不要拋棄我！」這種話。而且還是在眾多客人們的面前。

發生這件事之後又經過了一番迂迴曲折，兩人為了籌措勝彥當下的生活費而來到了阿哈恩村。

渚在憤怒的衝動驅使之下，默默地踹了正悠哉地在撿魔石的勝彥的後腦杓一腳。

「好痛！一条，妳幹什麼啊！」

「閉嘴，你這人渣！突然跑到人家工作的地方來，在眾目睽睽之下做出那種事……我光是回想起來就覺得火冒三丈！」

「我已經道歉過很多次了吧！妳很會記恨耶！」

「吵死了！當我聽到店長對我說：『小渚……妳還是趕快跟那種男人斷絕關係比較好。跟他在一起絕對只是在浪費妳的青春啊。』這種話的時候，你知道我當下是怎樣的心情嗎！」

「又沒有關係，我們是同為勇者的夥伴吧？」

「開什麼玩笑，站在我的立場想想好嗎！被人誤以為跟你是一對情侶，我都想死了！」

「有這麼嚴重嗎！」

勝彥這個人一言以蔽之，就是不經思考就行動的笨蛋。

他絕對不是什麼壞人，卻總是憑著「好像是這樣」的感覺在行動，所以經常會惹出麻煩，又具有僅在陷入無法挽回的事態時才會仰賴他人的傾向。

不對，正確來說是他老是在引發無法挽回的事態。

渚之所以會跟勝彥這樣的人分在一組，只是因為她原本是班長。

從渚的角度來看，就像是抽到了下下籤。

勝彥的存在本身就夠讓人丟臉了。

「跑去賭博輸光了錢是你自作自受吧。跟我無關啊？你沒有什麼該對我說的話嗎？」

「我很感謝妳像這樣陪我來迷宮啊？」

「我可是一點都看不出你有在感謝我喔。我是你的什麼人啊？只有出狀況的時候才會想到我，我是萬能小精靈嗎？」

「因為妳是班長，這是當然的吧？」

「我又不是自願當班長的，都到了這個世界，別再把那種頭銜冠在我身上了！」

看來在勝彥心中，「班長」＝「無論何時都會幫忙的萬能小精靈」這個等式是成立的。而他的想法從受召喚前來後直到現在都沒有改變過。

「我光是顧自己就吃不消了！為什麼我非得照顧你不可啊。別開玩笑了！」

「嘴上這樣說，結果妳還是陪我來了嘛。莫非妳對我心中有著Ｌｏｖｅ？」

「…………可以不要說這種噁心的話嗎？我都快吐了。麻煩你在鏡子前面花上三個小時來思考這段話的意思之後再發言。」

「妳、妳這話太狠了吧！」

看到渚用極為厭惡的表情拋出輕蔑的話語，就算是勝彥，也不禁開始冒出了「咦？難道我……給人添了很大的麻煩？我被她討厭了嗎？」這樣的想法。

他發現得太遲了。

「靠賭博一舉致富這種事，照一般的想法來看根本不可能成功吧。按照這個世界的文化，開設賭場的人也會事先做好對策，不會讓人進去大撈一筆啊。」

「店家也耍老千嗎！」

「那是當然的吧？在餐廳裡當服務生，馬上就會得到這些消息了。唉，雖然其中也是有能夠徹底擊垮各種作弊行為的厲害賭徒啦，不過外行人想靠賭博賺大錢，根本是找錯了方法。」

「妳為什麼不早點跟我說這件事啊！」

「誰管你啊，不就是你自己跑去把錢輸光了嗎。」

渚說得沒錯。

勝彥幹勁十足的主動踏進了賭場，然後自己把錢全都投進去輸了個精光。

想把這件事情牽拖到渚身上那可不對。

「唉～……你最好也小心女人一點喔？要是對奇怪的女人出手，搞不好會人家會對你說『我懷了孩子，你要負責』這種話喔。」

「咦～？只是去個妓院的話無所謂吧。」

「那種店都是黑社會的人在負責管理的啊……捏造把柄來威脅對方，不是黑社會常用的手段嗎？在這個沒有DNA鑑定技術的世界裡，可沒有辦法確認孩子的父母到底是誰喔？一直侷限在地球的常識框架內，你的下場會很慘的。」

「的確……我也不想變成那樣。」

「把勇者這頭銜視為無用之物吧。」

就算告訴他這些常識，勝彥還是會去惹出新的麻煩。

儘管知道這樣做也無濟於事，渚還是忍不住想說。

「喂，我說妳這麼貼心的提醒我，果然是對我有Love？一条妳是傲嬌嗎？」

「自作多情到了這種程度也是了不起呢……………你去死一死好了。」

「非常抱歉！」

渚用看垃圾的眼神看著他，勝彥則是做出了不知道是今天第幾次的下跪道歉。

這一天，勝彥理解到渚是真的討厭他。

這理解來的有點太遲了。

兩人在那之後回收了魔石，往下前往第三層。

◇　◇　◇　◇　◇　◇　◇

廢礦坑迷宮，第三層。

勇者勝彥和渚正在與魔物交戰。

兩人曾經多次挑戰梅提斯聖法神國內的迷宮「考驗之迷宮」來提昇等級，所以比傭兵們更熟悉迷宮的構造，也很習慣迷宮了。

就算位於地底的礦坑迷宮裡居然有著廣大的區域，兩人也並未因此感到驚訝。

他們在受召喚前的世界也有玩過家用主機遊戲，所以相當了解陷阱。

應該說他們正在現實的奇幻世界裡，驗證透過遊戲所獲得的知識吧。

在架空的知識也通用的世界裡，他們的驗證確實得到了不錯的成果，然而這也使得勇者們在精神層面上變得難以區分現實與虛構。

渚很早就注意到了現實和遊戲世界的差異，開始去適應環境，但勝彥正好相反。

明明已經有一半的夥伴在戰爭中喪命了，他到現在還是無法脫離在玩遊戲的感覺。但是一直身處於這種感覺中是很危險的。

她之所以會提醒勝彥不是出於戀愛感情，是基於她那份不想再看到夥伴死去的溫柔之心，可是勝彥能不能意識到這點又是另一個問題了。

「『火球』！」

勝彥使用魔法打倒地精，那興奮忘我的態度讓渚簡直看不下去。

由於梅提斯聖法神國將使用魔法視為禁忌，勝彥對於被當成召喚過來之後卻不能使用魔法很是不滿。甚至很羨慕同為勇者的魔導士「風間卓實」。

可是在索利斯提亞魔法王國靠魔法卷軸學會了魔法後，勝彥就得意忘形起來了。完全不知收斂。

渚則是跟他相反，認真地正視著魔法的危險性。

「哎呀～魔法太棒啦！可以輕鬆打倒這些小嘍囉，真的很方便耶♪」

「你啊……得意忘形也該有個限度。我們可是梅提斯聖法神國的人。要是使用魔法的時候被哪個神官看到了，上頭說不定會派刺客來暗殺我們。」

「咦？哎呀，可是啊～就算派刺客過來，我們也能輕鬆搞定吧。」

「……刺客不可能會堂堂正正的來找我們一決勝負，要是對方在我們不知道的地方行動的話，我們是防不住的。」

「一条妳很愛操心耶。沒事啦，不會有問題的。」

梅提斯聖法神國相當排斥魔法。

他們只承認神聖魔法，堅持要排除魔導士所使用的魔法。

從勇者中唯一的魔導士「風間卓實」遭到冷遇來看，也可以感覺得出來他們非常抗拒魔法，要是知道渚跟勝彥學會了魔法，梅提斯聖法神國確實很有可能會派刺客前來。

渚不像勝彥那麼樂觀。

「要是對方趁你熟睡時下手呢？如果你護衛的對象其實是殺手？刺客說不定會混入旅館的廚師當中喔？」

「不不不，他們怎麼可能有辦法送刺客到其他國家……」

「你敢說絕對不可能嗎？我們實際上是流亡在外喔。你多提高警戒一點吧。」

「…………」

這兩人以前從某位魔導士口中得知了關於梅提斯聖法神國——四神教的可疑之處。

召喚勇者時的能源問題及其弊害，還有四神和邪神的真實身分。

這些事情若是公諸於世，梅提斯聖法神國的地位將會一落千丈。

此外，從當時神官攻擊了魔導士的反應來看，他們意識到自己留在梅提斯聖法神國會有危險。

基於這樣的緣由，兩人才會滯留在索利斯提亞魔法王國。

更何況這個國家住起來舒服多了。

「現在我們雖然硬是找了些理由待在這個國家，但我想聖法神國那邊應該已經開始懷疑我們了吧。而且我們還順勢學會了魔法……」

「啊～……那個國家為什麼會因為魔法就氣得跳腳啊。對我來說很困擾耶～」

那可是過去曾冷遇「風間卓實」的國家。渚不認為梅提斯聖法神國能夠接受現在的他們。

「跟我們一起來的那些神官也還在這個國家吧。那些傢伙也不能信任嗎？」

「他們可是在對話途中就出手攻擊了傑羅斯先生喔？不讓我們知道多餘的情報就是那個國家的行事方針。不過因為那些人也知道了一些不該知道的事情，所以才回不了那個國家……」

神官會攻擊傑羅斯是對魔導士的敵意造就的結果，然而就連跟隨渚他們一起行動的普通神官都有這一面了。儘管那些神官知道了太多真相而無法回國，也絕對不能對他們掉以輕心。

既然他們有可能會背叛渚和勝彥，國家用他們的家人來威脅他們，要他們協助刺殺勇者也是很有可能會發生的事。

為了幫追兵牽線，先降低勇者的戒心等等，暗殺的手法要多少就有多少。

與大國為敵就是如此麻煩的事。

「事情一旦曝光，那個國家的人不管用什麼手段都會除掉我們嗎……拜託妳別說這種會讓人擔心害怕的話啦～」

「我只是希望你能自重一點……因為你是個笨蛋。」

「不是啊，這可是魔法耶？既然到了異世界，當然會想要用用看吧。」

「你就繼續這樣興奮忘我下去吧。就算被人從背後捅了一刀也不關我的事。」

渚其實光是要過生活就已經用盡了全力。

然而勝彥還是一直帶著新的問題來找她，渚心裡早就覺得很不爽了。

說實話，她甚至想說「乾脆放他自生自滅好了」。

她的溫柔也不是無限的。

「……我應該在被扯後腿之前去阿爾特姆皇國嗎？反正姬島同學他們也在那裡。」

「妳說阿爾特姆皇國，那不是敵國嗎？為什麼姬島會……難道她叛變了嗎！」

「根據傑羅斯先生的說法，她好像是在那邊挑戰有黑色羽翼的將軍後落敗，被對方俘虜了。還有風間好像也還活著。」

「啥！風間那傢伙還活著嗎！」

他是很高興以為已經喪命的夥伴還活著，可是這狀況卻讓人開心不起來。

「神薙他們好像也叛變了喔。對方好像用不錯的待遇接納了他們。」

「為什麼一条妳會知道這些消息啊？」

「我是從傑羅斯先生那裡聽來的啊？他剛好來我打工的店裡吃飯，就告訴我了。我還聽說風間是個蘿莉控，而且覺醒成為被虐狂了。」

「蘿莉控這我是知道，但他居然變成被虐狂了？」

「說是被神薙他們痛揍的時候，痛覺抗性升到滿，直接就覺醒了。是說他好像還跟阿爾特姆皇國合法蘿莉公主打得火熱喔……」

「就算是被男人痛揍也行？他真的是個變態紳士耶！」

而且在別種意義上，也發生了讓他開心不起來的事。

「最後那件事讓我大受打擊啊……為什麼變態紳士可以交到女朋友啊，連我都還沒交到耶……」

「你原本就知道風間是蘿莉控啊。這我比較意外呢。」

「嗯，因為我跟那傢伙常常會一起聊輕小說。不過他老是挑女主角是蘿莉或是合法蘿莉的作品，我自然就發現了。」

「就算要離開這個國家，逃亡的目的地也會是阿爾特姆皇國吧。」

「我不想被當成變態紳士的夥伴耶～……」

「放心吧。你跟風間是同類，事到如今才想掩飾也沒用了。」

「不會吧～！大家對我的看法是這樣的嗎？」

儘管有些宅氣，勝彥仍覺得自己算是比較像樣的那種了。

可是渚的話讓他發現到自己想錯了。

「仔細想想你的行為吧。會上妓院、會賭博、會在路邊搭訕女生，浪費的毛病也治不好……一般來說都會覺得你是個沒用的廢物吧？」

「唔！」

「而且你還把所有錢都花在這些事情上，沒錢了就去找人借，借了也不還。這樣還不是人渣那是什麼？」

「唔唔！」

「如果知道反省那還有救，可是你不僅沒記取教訓，還一再重蹈覆轍。你腦子裡真的有學習這兩個字嗎～？你說說看啊。」

「……我可以哭嗎？」

「要哭就哭啊？你以為哭就能改變現實嗎？只要你不努力改變自己，人渣不管到了哪裡都依然是人渣喔。」

勝彥被狠狠批評了一番。

然而事實如同渚所言，而且渚身為現在進行式的受害者，她也有權利說這些話。

儘管勝彥淚眼汪汪的用怨恨的眼神看著渚，但這都是他自作自受，怨不得人。

渚無視他的反應，朝著第三層的森林前進。

——DoGoooooooooooooN！

前方突然響起了爆炸聲。

「是、是怎麼了？」

「好像是魔法攻擊。我是覺得在森林裡使用會爆炸的魔法很危險，不過這表示有需要用上這種魔法的魔物在嗎？」

這時候兩人還沒意識到發生了緊急狀況。

因為當其他傭兵正在和獵物交戰時，從旁搶走別人的獵物是違反規定的，考慮到待在這裡可能會妨礙到別人，兩人打算遵從傭兵公會的規定離開現場。

然而兩人眼前所看到的，是幾十位傭兵從森林裡慌慌張張的朝他們這邊跑來的身影。

「你們兩個，快逃啊！有成群的半魚人……」

「「咦？」」

開口警告他們的傭兵無視兩人的反應跑走了。

接著只見成群的半魚人接連從森林深處現身。

「半魚人啊……」

「我果然不該陪這傢伙來的……這個臭衰小男。」

「一条同學？妳講話變得愈來愈粗俗了喔？」

被硬塞了麻煩的不滿情緒讓渚成了不良少女。

渚想不透自己為什麼老是會被捲入麻煩當中，一邊詛咒著這世界的不合理和身旁的勝彥，一邊把手放到了掛在腰間的劍柄上。

「嘎喔啊啊啊啊啊啊啊！」

「少礙事！」

渚把魔力凝聚在劍上，用超越常人的速度拔劍。

劍上的魔力化為銳利的刀刃，一口氣斬殺了十隻半魚人。

「夭、夭壽強～……」

「你也來打啊！你本來就是來賺生活費的，這下正好吧。」

「半魚人的魔石感覺會有股腥味耶～……『飛斬』！」

屬於劍技的飛斬是渚剛剛使用過的招式。

將魔力流入劍這個媒介上並使之凝縮，在揮劍的同時用看不見的劍刃斬斷敵人。

平常這招光是打倒一隻魔物就會失效了，不過由魔力高的人來使用，有效範圍也會變得更廣，可以一舉打倒多數敵人。

勝彥的這記飛斬連同周遭的樹木，一口氣打倒了十五隻的半魚人。

「想變成生魚片的傢伙站出來。我現在可以免費服務，讓你們變成魚碎肉喔。」

「……你要吃半魚人嗎？」

「我不會吃啦！」

半魚人們因為有強敵出現而提高了防備，圍繞住他們。

半魚人的別稱是「海中的哥布林」，性質上喜歡包圍獵物再一起攻擊，偏好集體作戰。

然而那也只是針對比牠們弱小，或是稍微難纏一點的獵物。

半魚人知道對手比自己強就會立刻逃跑這點雖然和哥布林一樣，但是兩者之間唯一的差異就在於判斷情勢的速度。哥布林只要有一定數量的同胞被打倒就會開始撤退，可是半魚人要等到有超過半數的同胞被打倒才會逃走。

也不管自己在地面上的行動會受到限制，牠們無法理解情況為什麼會對自己不利。理解力非常差。

「唔哇，弱小怪物會做的事情都一樣耶。」

「半魚人在地上的動作很遲鈍，哥布林還比較麻煩呢。會整群來襲這點也很不好應付。」

「趕快打倒這些傢伙吧。如果是半魚人的魔石，應該可以賣到不錯的價格。」

「唉～……感覺會弄得一身腥，我很不想這樣做就是了。」

勝彥毫不畏懼地砍向圍住他們的半魚人，單方面地屠殺對手。

半魚人雖然想要反擊，卻無法自由的活動身體，揮出的槍只傷到了同伴，在這段時間內勝彥仍恣意摧殘著半魚人。

事情發展至此，半魚人也終於意識到情況對自己不利了吧，開始有半魚人轉身企圖逃跑了。

可是半魚人這種在魚的身體上長出手腳的異形生物，比人類站著的時候更難保持身體的平衡，劇烈甩動的魚尾讓牠們站不穩腳步，無法跑離現場。

牠們逃跑的動作搞笑又滑稽，就連看著半魚人背影的渚都忍不住笑了出來。

『感覺那個笨蛋一個人就能搞定了。既然這樣，我就來撿魔石吧。要是衣服沾上了黏液的臭味感覺也很難洗。』

半魚人來到地面上的時候，為了不讓身體乾掉，會從鱗片的縫隙間分泌出黏液，包覆住身體。

不知道這種黏液是不是由黏液素構成的，但就是有種難聞的水溝味。

要是沾到了衣服上，這股臭味會遲遲無法散去。

既然這樣，只要等迷宮吸收掉半魚人的身體就好了。

反正魔石一定會殘留下來。

「哎呀～大豐收、大豐收……不對，該說大賺一筆嗎？」

「等一下，你很臭耶，可以不要靠近我嗎？要是害我的衣服沾上臭味，你要怎麼負責啊。」

「好過分！我一個人努力打倒了敵人耶？妳卻這樣對我……」

「不過就是殺光了小嘍囉，你是在擺什麼架子啊。我們之所以會來迷宮，追根究柢還不是因為你。要賺生活費的人也是你，所以你拚命去戰鬥也是當然的吧！不如說你乾脆死死算了！」

渚對勝彥毫不留情。

唉，畢竟勝彥在眾目睽睽之下害她丟臉，渚會變得這麼無情也是理所當然。

問題出在不知反省，只會擺爛的勝彥身上。

「……抱歉～不過啊，我每次來迷宮的時候都會想，為什麼只有魔石會留下來，屍體會消失啊？在支解前就消失了，沒辦法拿到魔物的素材，很傷腦筋耶。」

「（這傢伙根本沒想要道歉耶。）那種事情無所謂吧，反正光是賣魔石就能換到錢了，想支解的話就加快動作吧。」

「我的支解技能等級很低耶。一条妳還滿高的吧？能不能幫幫我啊？」

「我為什麼要幫你？」

「不是，妳問我為什麼……」

勝彥到了這個地步還想要靠她這點，讓渚心中產生了殺意。

或許是她的情緒表現在臉上了吧，勝彥沒繼續說下去，陷入了沉默。看來勝彥對自己的生命危險非常的敏感。

「我的支解技能等級會高，是因為我都在廚房裡處理魚肉啊。這又如何了？」

「那個……我不太知道妳為什麼會這麼生氣耶～」

「要我不生氣也難吧？真要說起來，是誰害我必須跑來迷宮的？請你用那個不管我說了多少次，都還是會重蹈覆轍，爛透了的腦袋好好想想吧？嗯？」

「唉，都是因為……我……」

「既然如此，你還要我幫你支解？你以為你是誰？」

「唔……」

想轉移話題，結果反而是自掘墳墓。

這就是田邊厲害的地方。

「我雖然陪你來了迷宮，可是我不打算要為你做事。這話的意思你應該聽．得．懂．吧？」

「是……非常抱歉……」

「你下次要是再說什麼蠢話，我會拿刀捅你喔。我說真的。」

或許是認為情勢對自己不利吧，勝彥沒有再多說些什麼了。

不過渚很清楚。這不代表勝彥已經有反省了。

他是過了十分鐘就會再重蹈覆轍，貨真價實的笨蛋。

◇◇◇◇◇◇◇

在渚他們打倒了整群半魚人的時候，傑羅斯一行人和經過湖畔邊的勇者二人組正好錯身而過，回到了來時的路。

他們一路抵達了位於湖畔領域最邊緣的斷崖，然而到了這裡，傑羅斯感覺狀況不太對勁。

「奇怪……」

「大叔，你是在說自己的長相嗎？」

「真奇怪呢……」

「還是說你是在說腦袋啊？大叔的確很奇怪呢～你總算發現了啦。」

「我又不是好色村小弟你，怎麼可能啊。」

「好過分！」

『『我是覺得你們彼此彼此啊……』』

傑羅斯疑惑的是他找不到他們進來時通過的領域入口。

他們是沿著縱長約五公尺，宛如龜裂的坑道下來，抵達第三層的湖畔區域的，然而那個坑道現在徹底消失了。

也就是說在他們進入這個湖畔區域後，路就堵上了。

「茨維特……我們抵達第三層時，入口應該是在這附近對吧？」

「根據我的記憶來看，是在這裡沒錯……我對這附近的景象也有印象。」

「老師，我有股不好的預感耶……難道我們……」

「……被困在迷宮裡了嗎？」

「「「……！」」」

在不斷變化的迷宮中，偶爾也會發生探索者被關在迷宮內部的情況。

不過既然迷宮會吸引人入侵其中，大多都一定會留下能夠逃脫出去的通道或機關。

尤其是這種會在地底展開領域、內部擁有許多區域的迷宮是不會輕易殺害入侵者的。因為迷宮要靠入侵者來打倒在迷宮內部培育、繁殖的魔物。

對於迷宮而言，在內部培育、繁殖的魔物和入侵者都只是食物，不如說讓入侵者打倒迷宮內的魔物，迷宮反而能夠吸收到更多的能量。

為此迷宮會創造出各式各樣的寶物和稀有資源當作誘餌。可以將為了資源和寶箱前來的傭兵比喻為對迷宮有益的生物吧。

「……嗯，算了，因為如此，所以出口一定就設置在某處，不過……好了，到底在哪呢？」

「原來這就是師傅之所以一點都不慌張的原因啊。」

「不過啊，大叔，我們根本不知道那個出口在哪裡耶？最慘的情況下豈不是得在這裡過上幾天的野外求生生活嗎？」

「安心啦，沒問題。」

「「那是對你來說沒問題！」」

對於在這個世界的魔境法芙蘭大深綠地帶都能活過一週的傑羅斯而言，被關在迷宮裡面這種事根本不足以構成驚慌失措的理由，表現得相當冷靜。

這模樣在茨維特等人眼中看起來非常的可靠。

「就算出口消失了，也一定會出現在某處對吧？師傅，那我們必須要徹底探索這一帶了吧……」

「是啊。不過照這樣來看，應該要認為第二層也隨之變化了。到底是只有構造改變，還是內部擴張了呢？不管怎樣都得謹慎行事。」

「可是老師，光是這個湖畔領域就很大了耶？我們要從哪裡開始探索才好啊……」

「照一般的守則來說，應該要先從外圍的岩壁開始調查起吧？再來是找找看周遭的森林裡有沒有出現奇怪的東西，最後再去湖中央浮現的那座小島吧。」

「「「好色村（小弟・先生）說了正經的話！」」」

「你們很失禮耶！」

——ZUZZZZZZZZZZZZZZZZZZZ！

從離傑羅斯等人很近的位置響起了表示迷宮出現變化的地鳴聲。

聲音的距離聽起來不遠，同時混著類似石頭落下的聲音。讓傑羅斯直覺感受到發生了什麼事。

「（該、該不會……）『闇鴉之翼』！」

或許是對附近傳來的地鳴聲有什麼想法吧，傑羅斯急忙利用飛行魔法飛到比林木更高的位置，從上空確認周遭的狀況。

然後他在距離一行人所在的位置稍遠處的岩壁上，發現了一座顯然是人工建造的石造建築。

『不知道那個是通往上層還是下層的路……感覺需要調查一下吶。嗯～該怎麼辦才好……』

新出現的路線應該可以通往上層或下層其中一邊。

如果是往上的路線那就好，但如果是往下的路線，他們探索完之後還得折返，比較費工夫。

『好，這裡就交給茨維特來做決定吧。反正有我和好色村跟著，就算去了下層，應該也有辦法回得來吧。』

大叔認為這也是修行的一環，決定把是否要調查的判斷全丟給茨維特，緩緩地降落到地面。

「師傅，你怎麼忽然就飛上去了啊？」

「看來北邊的斷崖上出現了一座建築物，這樣要調查的候補地點就變成兩個了。」

「兩個啊……出現在湖中央的神殿，以及斷崖上的建築物……」

「茨維特你會選哪一邊？或是你認為還要繼續調查周遭的狀況的話，我們就繼續探索，晚點再去調查建築物。」

「……不，我想去調查斷崖上的建築物。那裡離這裡比較近吧？」

「走過去大概三公里左右，所以馬上就能走到了。」

茨維特認為就算要探索，比起在沒有任何東西的地方漫無目的的亂走，不如先去調查一看就很可疑的地方。

他下決定的速度相當快。

「那麼我們就立刻前往老師發現的那棟建築物吧。麻煩老師你帶路了。」
「只要從這裡沿著斷崖走過去就好了，不會迷路的。」
「那湖中央那個像神殿的地方呢？」
「那裡……我覺得是往下層的路。想要確認的話，好色村你要去看看嗎？」
「算了吧……要是碰上那些傢伙……」
儘管覺得不時回想起什麼而懼怕的好色村很可疑，一行人仍朝著傑羅斯發現的建築物前進。
他們在移動途中一路採集藥草、聊天談笑，所以抵達目的地時已經經過了大約一個小時。
而四人在神祕的建築物前看到的是——
「「「「…………………」」」」
——那是應該稱作墳墓的地方吧。
這建築物從外頭看起來感覺像是古文明的遺跡，分別有兩兩成對的六尊石像，彷彿夾著中央的入口，並列在建築物左右兩側。不過包含外觀在內，這個入口非常的詭異。
「……這裡的建築樣式很像阿布辛貝神殿耶～」
「師傅，比起建築樣式，更讓人在意的是這個雕像吧。你看了這個沒有任何感想嗎？」
「這個石像是仿造埋葬在這裡的國王打造而成的嗎？可是……」
「……我有種非常不好的預感。」
這座建築物很像傑羅斯和好色村所知的埃及神殿。
挖空岩壁打造的石像高約十公尺，那模樣不管怎麼看都會讓人想起古埃及的法老。

他們不知道這個世界是否也有類似的文明，問題是六尊安放在台座上的石像，全都擺出了魅惑誘人的姿勢。

『是怎樣……難道建造了這座建築物文明的王，是個男大姊嗎？』

儘管感受到了某種莫名的異樣感，四人仍朝著建築物內部走去。

第十話　大叔遇到了異樣的存在

沒注意到迷宮內的變化，「田邊勝彥」和「一条渚」撿完打倒半魚人群殘留下來的魔石之後，來到了湖畔邊。

渚看著裝滿清澈湖水的湖面，說著：「好美……簡直像是一面鏡子……」這種詩情畫意的話，然而勝彥卻對她說了：「一条，妳有沒有帶泳裝來？那種高衩款的。穿上那種差一點就會走光的泳衣，從現在開始和我一起渡假吧。」這種沒情調的話，結果被渚一腳狠狠踹飛了。

渚打從心底厭惡和勝彥兩人一起渡假這種事。

彷彿展現了她的這般心境，渚從剛剛開始就讓眼鏡閃著詭異的光芒，不發一語、毫不留情的不停踩踏勝彥。

「好痛！真的很痛耶！等等，妳幹嘛這麼生氣啦！」

「我只是事到如今又重新體認到，就算看著這種充滿情調的大自然風景，你也沒有會因此感動的理解能力。難得的美景也因為你的一句話而全毀了。田邊你之所以會不受歡迎，就是因為你沒神經，完全不懂女人心有多纖細——不對，應該說原因出在你是個根本就沒有試圖要去了解女人心的自私鬼。我敢預言，你就算結婚了，也一定半年就會離婚，就因為你一向只顧你自己。」

「我有這麼沒神經嗎？甚至讓妳能夠預言我的將來？」

「…………………你的沒神經啊，已經進入末期，沒藥醫了。你這個臭衰小男。」

「一条同學，妳的用詞很粗俗耶！」

勝彥被批評得一無是處。

追根究柢，就算在眾目睽睽之下不惜下跪借錢，而後作為妥協方案，拖著渚一起來到了迷宮，身為萬惡根源的勝彥依然別說反省了，甚至早就已經忘了自己丟臉的事實。

說好聽是積極正面，說難聽點就是厚顏無恥又不知羞恥的人渣。

「我覺得你啊，砍掉重練，從猴子重新開始好了。」

「我好歹還是知道自己做錯了，也有反省啊！」

「所謂的反省啊，如果不能在下次活用這次學到的教訓，就沒有意義啊。田邊你總是光速就忘記了吧。簡單來說你就是只顧自己好，根本不管別人的死活。」

「居然說光速……我覺得我沒那麼糟糕啊……」

「你真這麼想的話，就多少顧慮一下旁人，別給人添麻煩啊。都別說你本來就是個不負責任的廢人了。」

「一条……妳的個性是從什麼時候開始變成這樣的啊。我覺得妳以前應該更溫柔的啊……」

廢人最常會說的一句話。

聽到勝彥立刻說出這種台詞，渚的情緒冰冷得有如極地。

「這、全、都、要、怪、你、吧！在這種情況下說出那種話，正顯示了你有多沒神經，麻煩你有點自覺好嗎！啊，不過沒辦法呢。畢竟你連我現在說的話都會馬上就忘記啊。」

「…………」

由正受到勝彥牽連的渚來說這種話，更是充滿了說服力。

驚人的魄力和毫不留情的斥責。

勝彥完全無法反駁渚這些帶著惡意的話語。

而這也不是因為他有在反省了，是他判斷自己要是回嘴，渚反而會更不留情的罵回來所導出的結論，簡單來說是為了自保才做出的行動。

如果他真的有在反省，他們根本就不會到這座迷宮裡來了。

「……比、比起這件事，我們離水邊遠一點吧。這層有半魚人，那些傢伙搞不好會突然從水裡襲擊我們。」

「也是。那些傢伙在地面上的動作雖然很遲鈍，可是從水中攻擊的話，免不了一場苦戰啊。畢竟我們也沒有能有效攻擊的魔法，還是離開這裡比較好。」

「雖然也想去探索一下對岸，不過我個人比較在意湖中央的島。」

「那裡看起來就像是神殿的遺跡，裡頭應該有些什麼吧。」

渚和勝彥的目的是籌措眼下的生活費。

雖然獲得了大量的半魚人魔石，可是賣掉頂多也只能換得一個月的生活費。換成勝彥的話，連撐個一週都有困難吧。

考慮到勝彥花錢的功力，渚還想要再多賺一點。

「要去中央的島是可以，可是那座橋……有點可疑呢。」

「畢竟那座橋就像是在說『請各位上來接受半魚人的襲擊吧』一樣嘛～」

「要去到那座島上，就得使出全力衝過這座橋才行呢。我可不想跟從水裡跳出來的半魚人交手。」

「這我同意。」

兩人從湖畔邊移動到橋的附近。

幸好途中沒有遭受魔物襲擊，不過渚在這時看著橋，覺得有些不對勁。

『這座橋……以建築樣式來看，像是古代遺留下來的，可是完全感覺不到任何歲月的痕跡，是我的錯覺嗎？一般來說石板的縫隙間會長有青苔或是雜草吧？上頭完全沒有這些東西，表示這座橋是最近才建好的嗎？』

沒錯，如果將這座橋視為古代的遺物，那石板的縫隙間應該會長出雜草，浸入湖中的石材表面要是沒長青苔也很奇怪。

這座橋實在太乾淨漂亮了。

「……田邊，你注意到了嗎？」

「注意到什麼？」

「這座橋太乾淨了。我想應該是最近才出現的。」

「也就是說這裡是沒人探險過的區域？既然這樣，可以期待裡頭會有寶物吧。」

「…………………你要是誤觸寶箱陷阱而死就好了。」

「妳可不可以不要這麼自然的詛咒我啊！總之我們接下來要全力奔向那座島了喔。」

「要特別留意湖面，那麼……」

「出發！」

兩人使出全力在橋上奔跑著，朝著位於湖中央的島前進。

不過該說果然如此嗎，棲息在水中的半魚人發現了他們，半魚人跳出湖面並從口中吐出「水砲」，集中火力攻擊他們。

「唔喔喔喔喔喔喔喔喔喔！不、不能停下來喔！寶藏就在我們的前方！所以一条，妳也別停下腳步喔！」

『……這笨蛋是在發號施令什麼啊。』

穿過接連襲來的水砲，兩人總算抵達了位於湖中央的島上。

◇◇◇◇◇◇

在兩位勇者奔向湖中小島時，傑羅斯他們也在探索構造變化成了古代遺跡風格的迷宮。

爬上了有如吉薩金字塔的斜坡後，在他們眼前的是用大小均等的石頭築成的巨大迷宮。還很親切的設有木製的門。

感覺就像是在玩某個３Ｄ遊戲。

『可惜我的職業不是武士。』

儘管踏進了新的區域，大叔仍一邊回憶著懷舊遊戲，一邊在心裡喃喃說著不合時宜的感想。

出現的魔物也幾乎都是木乃伊，空氣中帶著墳場特有的屍臭味，讓人覺得不舒服到了極點。

「……唔哇。」

忍不住出聲的是一刀砍死了木乃伊的好色村。

這裡出現的木乃伊是一種不死生物，類似埃及博物館中會看到的那種屍體乾燥後製成的木乃伊，算是比較脆弱的魔物。雖然數量眾多，但光靠好色村也能輕鬆應付他們吧。

不過打倒木乃伊之後飄起的粉塵帶有惡臭，實在是令人不快。

「雖然很好解決，可是能不能想辦法處理這粉塵啊？」

「我追上來了……可是這個討厭的臭味到底是……」

「感覺有點噁心耶……」

「哎呀，畢竟是人形魔物的身體組織形成的粉塵嘛……雖然我不知道這些木乃伊原本是不是人類啦，但這些粉塵如果是皮膚的話，那我們就像是在吸頭皮屑呢。」

「「「唔！」」」

如果這些粉塵是皮膚組織，那就表示那是蛋白質。

要形容這些飛揚的粉塵，那就像是把髒兮兮的人關進密閉空間裡，叫他們所有人一起抓頭，讓頭皮屑在空中飛揚一樣。

茨維特和瑟雷絲緹娜聽了這種說明後，用非常不高興的表情看向傑羅斯。

「這個粉塵……不僅帶有惡臭，還會使人麻痺。我好像應該要準備防塵口罩才對……」

木乃伊基本上很弱。

可是身體具有會使人麻痺或中毒的成分，所以被打倒後會讓對手中負面狀態，再慢慢花時間殺死對手。

是種持續打倒後，反而會害自己陷入不利狀態，讓人容易疏忽大意的魔物。而被木乃伊殺害的人會化為喪屍，在迷宮內徘徊。在密閉空間裡更是不利。

這種打倒木乃伊後會飄出的粉塵稱為「殭屍粉末」，咒術師會拿這種粉末來當作創造出喪屍或殭屍的媒介。

「還好瑟雷絲緹娜幫忙調配了能夠解除麻痺的藥水。要是好色村繼續這樣見一個殺一個，我們會動不了的。」

「真不知道什麼東西會在迷宮上派上用場呢。」

「有備無患啊。」

「……抱歉，我想趕快離開這裡，一不小心就……不過啊，大叔用魔法燒光這些傢伙比較快吧？雖然光靠我也是能清光這些傢伙，可是數量太多了，說真的很麻煩耶。」

木乃伊的弱點基本上是火。

好色村說的雖然也有道理，不過在一大群木乃伊當中用火攻，肯定會被大火給波及，而且在這個密閉空間裡還有可能會死於缺氧。

某些房間裡還有只能單向通行的地方。

「好色村啊，要是在這裡用火攻，我們可是會集體缺氧的喔？你也看看情況。」

「那該怎麼辦啊……」

「也只能靠好色村小弟你腳踏實地一一解決了啊。這工作很簡單吧？畢竟茨維特也在戰鬥，你也該做好護衛的工作啊。只會仰賴我是學不到什麼東西的。」

「你這話不是認真的吧？」

「師傅你不打算認真戰鬥喔。」

「完全沒有幹勁呢……」

「我打不死生物已經打膩了，暫時不想看到他們。」

大叔基於個人原因，放棄了戰鬥。

木乃伊確實不強，就算只靠茨維特他們也應付得來，可是不死生物都具有會被生者吸引的特性。儘管現在還能輕鬆處理，隨著花費的時間增加，敵方的數量也會增加，最後他們將會被無法處理的大量敵人給包圍起來。

「同志，我們現在沒空磨蹭了，雖然都是些小嘍囉，但是放著不管的話，數量只會一直增加。上吧，『裂空斬』！」

「殘骸和飛舞的粉塵讓人很難受耶？」

除了不想動手的傑羅斯之外，茨維特等人開始處理起木乃伊。

先不管這些木乃伊原本是不是人類的遺體，但從粉碎的殘骸上會散發出難以言喻的異味，破壞得愈多就愈是臭得難受。

而且飛舞的粉塵飛進了眼睛裡，令他們的眼淚停不下來。

是一種很基本卻很討厭的追加效果。

「大叔，你有沒有護目鏡？粉塵遮住了視野，我的眼睛也好痛……」

「雖然可以用鑽石星塵凍結這些粉塵，但會導致地面打滑呢。如果急著趕路，就只能忍耐了喔？」

『『『咦～～～～……』』』

石板地一旦結凍就容易打滑。

在迷宮探險，最重要的就是不能欠缺冷靜的判斷力。

狀況很可能因為選用了不同作戰手法而變得不利，大叔不經意地加入了提示，並刻意輕佻地說道。

『好了，誰會最先察覺到這個狀況呢？』

大叔在性格上其實是個超級虐待狂。

他知道如果不能在各種狀況下安排有效的戰略，就無法在迷宮內生存。為了訓練茨維特等人在沒有傑羅斯這個安全保障的情況下，也能自行導出解決方法，他就順便利用了一下這個情況。

不，即使處在這樣的狀況下，還能想到要利用木乃伊集團的大叔，說他性格十分惡劣也不為過吧。

「好了好了，不要抱怨。沒時間嘍～你們在這邊磨蹭的時候，說不定會從隔壁房間冒出一大堆木乃伊的援軍喔？」

「好、好喔……」

「知道是知道……」

就連瑟雷絲緹娜都能打倒木乃伊。

畢竟對方動作遲緩，可以單方面的攻擊，算是比較輕鬆的工作。

但想一擊葬送木乃伊，必須粉碎位於肋骨內側的核心，所以要確實地瞄準要害攻擊才行。

就算木乃伊再怎麼弱，也不可能每次都讓他們瞄準到弱點的。

「剛、『剛擊』！」

「『烈破』！」

瑟雷絲緹娜這記「剛擊」本來應該是用錘子或斧頭施展的招式，而茨維特使用的「烈破」則是低階版的「裂空斬」，這兩招分別擊中並粉碎了好幾個木乃伊。

『『『『啊啊啊啊啊……』』』』

屬於不死生物的木乃伊核心存在於身體某處，具有核心未被破壞，就能持續活動的特性。

茨維特等人打倒的木乃伊當中，核心位在手腳上的仍能持續活動，襲擊生者。操縱纏在身上的繃帶，只憑藉著捕獲獵物的本能而行動。

由於放著不管也很危險，所以一定要將木乃伊徹底粉碎才行，可是這個給木乃伊致命一擊的動作會確實且不斷地累積眾人的疲勞，而且因為數量多，在精神層面上也帶來了很大的負擔。

如果一味埋頭蠻幹，很有可能會陷入被繃帶纏住、動彈不得的窘境。

「要是有漏掉哪隻沒擊倒就麻煩了。他們可能會成群包圍我們，用繃帶妨礙我們的行動。」

「明明沒有頭，他們到底是怎麼辨別人類的呢？」

「你們兩個都很冷靜耶……雖然這些傢伙只是小嘍囉，可以輕鬆解決，不過我在精神層面上已經累了啊。這工作太單調，我已經打膩了。」

「擴散到周遭的細微粉塵……這就是所謂的ＰＭ２．５吧，大叔我很擔心健康受損呢……」

不管怎麼甩著繃帶逼近，也不過就是木乃伊。

襲來的木乃伊三兩下就被劍和權杖擊退，並被迷宮吸收。

說穿了，只要應付束縛繃帶與毒粉塵，靠一擊同時掃蕩多數的敵人就好，所以好色村在這裡的表現意外的活躍。

「魔石該怎麼辦？要撿走嗎？」

「嗯～有這麼多的話，會導致魔石價格崩盤的。之前那場小強騷動，好像也害得品質中等魔石出現價格崩盤的狀況了。」

「繃帶可以用在哪裡啊？即使蒐集了這些破爛玩意兒，我也不知道該怎麼利用啊～」

木乃伊的魔石品質差又小，繃帶這個素材又不知道能拿來做什麼用，對傭兵來說一點好處都沒有。不過對鍊金術師而言，這些倒是方便拿來賺些零用錢的素材。

「呼，這樣就把殺過來的傢伙都清光了吧……」

「老師，這些魔石該不會可以透過壓縮融合的方式提升品質吧？」

「如果有這麼多，可以製造出高品質的魔石呢。繃帶也是，只要放入魔力水浸泡一段時間，就會自動製成『太古防腐劑』喔，很適合用來賺零用錢。」

「師傅，木工技師是不是很愛用那種防腐劑啊？」

「雖然會受到使用的繃帶量影響，不過防腐劑的濃度愈高就愈受技師喜愛。如果拿來用在以樹人的素材製成的杖上，可以弄出很漂亮的色澤喔～」

一般人都認為木乃伊的繃帶是垃圾，不過對鍊金術師或工匠等特定的技術人員來說，是實際上很受重視的一種素材。這個太古防腐劑具有使魔導士使用的木杖擁有恰到好處的強韌度，也有提高魔力傳導率的效果。此外還可以和魔物血液以及稀有金屬混合，鍊成可以提昇皮製防具性能的強化劑。

不過從屬於迷宮魔物的木乃伊身上只能取得繃帶的碎片，若是想在地面上得到繃帶，就得前去探索古代遺跡，再從裡頭的木乃伊身上取得，在現實中是相當稀有的素材。

這是遊戲世界與現實的不同之處，可是傑羅斯完全沒發現到這件事。

「要是混入『元素樹的樹液』或『龍血』之類的材料，一根普通的木杖就能瞬間變成最高級的魔法杖喔。拿去重新鍊成的話效果會更好就是了。使用方法主要是長時間浸泡或是反覆塗布。」

「感覺矮人工匠會很想要……」

「不過啊，萃取防腐劑需要不少時間，所以需要大量的繃帶喔。想單純奪走纏繞在木乃伊身上的繃帶，可是相當麻煩的事喔？」

要是打倒木乃伊，繃帶也會被迷宮給吸收。

也就是說只能強行從還在動的木乃伊身上取下繃帶，趕緊收進包裡才行。

這需要昂貴的道具和迅速的動作，不過現在沒有人想要這麼做。

「也就是說要脫光木乃伊嗎……這樣到底是會爽到誰啊。」

「好色村小弟……」

「好色村……」

「好色村先生……」

三人冷漠的目光戳得不管談論什麼事情都想開黃腔的好色村一陣刺痛。

就在眾人談論這些事情的同時，木乃伊集團再次從隔壁的房間現身了。

「啊耶耶耶耶耶……」

「又冒出來了喔。」

「數量這麼多真的很煩耶。」

「我有點累了……」

「要是能處理掉這些細微粉塵就好了～……大叔，你能不能想點辦法？」

傑羅斯已經厭倦喪屍或木乃伊這些不死生物了。

要是他出手，馬上就能殲滅這些魔物了，不過他沒那個心情。

大叔嘆了口氣，一副這也是無可奈何的樣子，對好色村施加了最強力的支援魔法。然而這對好色村來說等於是一場災難。

「『精神爆發』、『神之吐息』、『神聖附能』、『智能狂暴』、『風之盔甲』。」

「URYYYYYYYYYYYYYYYYYYYYY！」

好色村進入失控模式。

「精神爆發」會提高戰意、降低理性。「神之吐息」能提高所有的身體能力。「神聖附能」可以賦予對不死生物的抗性。「智能狂暴」則使他化為了超級狂戰士。

至於「風之盔甲」則是大叔的一點小心意，避免好色村全身沾滿細微粉塵。

好色村現在被強行喚醒了野性的本能，成了一隻不殲滅眼前所有的骯髒敵人誓不甘休的聖獸。

「咕喔喔喔喔喔喔喔喔喔喔喔喔喔喔喔喔喔喔喔喔！」

好色村高聲咆哮。

儘管有著人類的模樣，他卻有如正在狩獵的肉食猛獸，衝向成群的木乃伊。

有如颱風的猛烈劍招來回交錯，木乃伊瞬間化為殘骸。

那裡沒有人類的理性，只有消滅掉被他視為敵人的對象的破壞衝動。

這景象根本是單方面的屠殺。

「老、老師……」

「太過分……這實在太過分了……」

「超越人類、超越野獸、超越勇者，他現在變成了毀滅不淨的神兵。我們保持一點距離吧，小心別被牽連進去了。」

被劍砍中的木乃伊受到淨化，斬擊一併粉碎了牆壁和木乃伊，失控的自我確實地持續鎖定這些不淨存在。

好色村正驅使著他身上的所有能力來殲滅不死生物。

這些行為當中沒有半點人性存在。

「我覺得野獸不需要束縛野性的項圈。」

「不不不，就算好色村是那副德性，他也好歹還是個人吧？幹嘛強行把他變成野獸啊！」

「好色村先生好可憐……」

「不然你們要試試嗎？可能會因為肌肉痠痛，整整一週都動彈不得喔。是因為好色村有那個體力才做得來。」

「「謝謝，不必了。」」

茨維特和瑟雷絲緹娜乾脆地拋棄了好色村。

沒錯，大叔也不是故意要虐待好色村。

從體力層面來看，只有好色村能承受這些強化魔法疊加的效果，除了大叔之外，在場眾人之中也就屬他攻擊力最高，而且大叔也不可能讓公爵家的少爺和大小姐狂暴化。

大叔只是用消去法後後選上了他，並無惡意。

「喔。」

大叔用劍接下好色村的斬擊飛來的餘波，一行人跟在好色村毫無秩序可言的暴衝後頭前進。

只不過他們實在拿揚起的細微粉塵無可奈何。

『喉嚨都乾了……雖然我是希望那兩個人能發現啦。』

遺跡型迷宮的房間很小。

揚起的粉塵遮住了視野，讓人有種走在沙塵暴裡面的感覺。而且還散發著蛋白質特有的腥味。

為了稍微舒緩這個令人噁心的狀況，大叔決定使用簡單的魔法。

「『霧氣』。」

「霧氣」是利用霧氣籠罩住特定範圍的魔法，主要是用來擾亂敵人的。

至於大叔為什麼要使用這個魔法，是因為用魔法產生的霧氣會讓細微粉塵沾上空氣中的水珠，掉落在地面上，藉此達到清淨空氣的效果。

而大叔的嘗試確實奏效了。

「……在迷宮內下起了雨啊。感覺好像在洞窟裡探險呢～」

「如果做得到這種事，為什麼不早點這麼做啊？」

「原來『霧氣』還能這樣用……」

「其實我是希望你們兩個可以率先發現這件事啊～茨維特和瑟雷絲緹娜，你們是來這裡做什麼的呢？」

「非、非常抱歉。我沒想到霧氣還可以這樣用。」

「我也只以為這只是用來擾亂敵人的魔法。這表示即使是簡單的魔法，在某些特定狀況下，也能發揮出極大的效果嗎？這就是以先入為主的觀念看待事物，才會忽略掉的活用方式呢。」

即使是基本的魔法，在不同的使用方式下，也有機會能大幅改變狀況。

「我現在是為了清淨空氣與確保視野而使用了霧氣，不過在這情況下接著使用放電系的魔法，就能一舉麻痺敵方的小嘍囉。在狹窄空間裡陷入混戰時很好用喔。」

傑羅斯邊這麼說，邊從道具欄中取出三件雨衣，一件自己穿上，另外兩件則是遞給了茨維特。

「穿上這個吧。另一件……」

「是要給瑟雷絲緹娜的吧？」

「因為天花板會滴水下來，小心別弄髒自己了。這不只是為了防範麻痺或中毒，也是因為事後要保養裝備會很吃力啊。」

茨維特接過雨衣後，一件交給瑟雷絲緹娜，一件自己穿上。

現場已經看不見好色村的身影，只有木乃伊的殘骸悽慘地散落在地。

「世間無常啊……這裡也是徹底改變了啊？」

「不，木乃伊沒什麼變吧。」

「這裡的木乃伊，應該就是異國歷史書上提到的木乃伊吧？這些木乃伊很明顯是經由人手處理過的，為什麼會出現在迷宮裡啊？」

「這我也不清楚。只能說既然都在了，那就是這樣了。」

「怎麼這麼隨便……」

所謂的喪屍，是帶有惡意的魔力——例如瘴氣或殘留下來的意念附在屍體上變成的魔物，在魔力濃度高或是死者眾多、充滿瘴氣的戰場比較容易出現。

雖說木乃伊也一樣，但它是明顯經由人手處理過的屍體活動起來，不太會出現在自然界中。至於迷宮到底是怎麼生出這些木乃伊，仍是一團謎。

「所謂的木乃伊啊，要先從屍體取出內臟進行防腐處理，整理好遺體之後，纏上浸泡過特殊溶劑的繃帶吧？當然在這之後會入棺下葬，所以迷宮內有這麼多木乃伊是很奇怪的。到底是怎麼增加的呢？」

「該不會是迷宮製造了木乃伊吧？」

「如果事情如妳所說，那就代表迷宮具有超越各方專門學者的高度知識與智慧喔。雖然確實有具有智慧的魔物存在，但這很明顯的在那之上吧。」

「畢竟迷宮裡面有無數需要技術打造的陷阱，不覺得很有可能嗎？不死生物不會繁殖，只能認為迷宮是在某處製造出他們的了……真是個不可思議的地方呢。」

「充滿不可思議現象的危險領域，這就是迷宮啊。」

大叔不知為何一臉得意。

可是傑羅斯自己也不知道迷宮是基於怎樣的法則形成那些領域，又是怎樣增加那些真面目不詳的魔物的。

以知識來看，大叔知道的其實跟茨維特他們差不多。

「好色村先生上哪兒去了呢……」

「因為那個強度讓他更是失控了，所以應該跑到滿前面的地方去了吧？」

「只要跟著木乃伊殘骸，很快就可以跟他會合了，真是輕鬆呢。」

『『不，他失控的原因就出在你（老師）身上吧（不是嗎……）』』

因為好色村的犧牲，繼續前進的這條路上輕鬆了許多。

儘管大叔完全不在意，但茨維特和瑟雷絲緹娜還是帶著複雜的心情跟了上去。

偶爾會遇到好色村漏掉的木乃伊拚命朝傑羅斯等人伸出繃帶，不過一擊就能解決了，根本構成不了威脅。

「這些傢伙為什麼要伸出繃帶？」

「木乃伊的攻擊基本上是以繃帶封住對手的行動後，再花時間慢慢收拾獵物。即使自己被打倒，也會散播帶有麻痺和毒素的皮膚碎片至空氣中，利用這些容易被忽略的漏洞來殺害人類。你們只要記得木乃伊是種靠數量來壓制敵人的魔物就好了。」

「在有限的空間內確實很有威脅性呢。如果是在現在這種四面都是牆的房間裡，應該很快就會被抓住了。」

「在遺跡型的迷宮內經常會看到木乃伊的身影。啊，加在好色村身上的強化效果應該快要失效了，他到底上哪去了？」

強化對象能力或賦予異常狀態的魔法，都有所謂的有效時間。

例如強化身體的魔法「體能強化」與騎士使用的「鬥氣法」相比，後者的效果持續時間就比較長。

理由在於「鬥氣法」是讓魔力在體內循環的技術，但「體能強化」是將周圍的魔力附加到身上。

基於魔力會回歸自然界的法則，自體內產生效果的技術，與從外部附加效果的魔法，兩者會因為魔法擴散到空氣中的時間而影響該魔法有效的時間。

傑羅斯用在好色村上的各種強化魔法，基本上都是附加於體外的魔法，因此有效時間一到，自然就會失去作用了。

按照他的推測，好色村應該差不多要恢復理智了。

「唔喔喔喔喔喔喔喔喔喔喔喔喔喔喔喔喔喔喔！」

好色村的叫聲迴盪在迷宮裡。

「意外地離得很近呢……」

「不過他叫得這麼大聲……狀況該不會很慘吧？」

「可是，憑好色村先生的實力，我覺得他面對木乃伊應該不至於苦戰才是……」

「難道還有更棘手的敵人？我們趕快過去吧。」

三人穿過好色村由於強行失控而被打穿的的牆壁，順著木乃伊的殘骸加快腳步前往他身邊。

但是大叔等人在那裡看到的是——

「唔呼呼呼，等～一下啊♡」

「別、別過來……不要靠近我啊啊啊啊啊啊啊啊啊啊啊啊！」

像在海邊追逐情人的男性一般，在寬廣的樓層裡優雅地奔跑的巨大法老男大姊木乃伊，以及被一整團因為裹著繃帶而難以判斷性別的木乃伊集團追著跑的好色村。

好色村被追到了牆邊，儘管繃帶不停地纏上來，他還是拚命抵抗著。

那模樣真是太悽慘了。

「「「…………」」」

傑羅斯等人的眼神已死。

「那傢伙……為什麼老是會被那種的看上啊。」

「是這樣嗎♡」

「瑟雷絲緹娜小姐，妳為何這麼開心……好色村的貞操可是面臨危機了喔。」

「應該說我想看看後續！這是學術性的興趣！」

「「…………」」

瑟雷絲緹娜的腐女因子再次覺醒。

如果某個冰山美人女僕聽到這番話，肯定會帶著燦爛的笑容豎起拇指吧。

「茨維特……」

「師傅，別說了……瑟雷絲緹娜已經踏上了不歸路。」

「大家都很有特色呢～我希望你能保持普通的模樣……不然事情會一發不可收拾的。」

「師傅你有資格這樣說嗎？」

「正因為是我才要這麼說啊……鑽研興趣過頭就是走上地獄魔路，一旦踏上，眼前就只剩下地獄。

沒錯，除非體悟了真理、精髓，或者頓悟了才能解脫。」

「這話好沉重……」

茨維特已經放棄了，傑羅斯則是想起了過去的夥伴。

「別說了，快點救我啦喔喔喔喔喔喔喔喔喔喔喔喔！」

「兩位真是太過分了，我真的只是在生物學方面很感興趣，裡頭沒有任非分之想！只是單純的感興趣而已喔！」

「『妳為什麼這麼努力解釋？』」

「你們有聽到嗎？喂，拜託啦，快點來救救我啊Help me～～～～！」

隱性嗜好與生命危險，保持表面工夫的辯解與要求援助。

雖然方向性不同，但雙方都非常積極。

「唉呀～♡又來了一個美妙的大叔和年輕小羊呢～很棒～非常棒……不過，小姑娘就不必了。我就一腳踩爛妳吧。」

「「「…………………………不是吧。」」」

對方的目標不只好色村一人。

看樣子這個男大姊法老也盯上了茨維特和傑羅斯。

在場唯一有性命危險的就是瑟雷絲緹娜。

沒錯，好色村最後闖進的，正是頭目房間。

第十一話　大叔得知了異世界的黑歷史

在阿哈恩村新設立的傭兵公會分部內。

一個上氣不接下氣的傭兵，衝進了這棟還留有清新木香的建築物裡。

可能是真的很著急吧，只見他有好一陣子就這樣猛喘著氣，說不出話來。

多數打算在迷宮內賺一筆而來到這座村莊的傭兵，都心想怎麼回事而注意著他。

「哈啊哈啊……報、報告……確、確認到……迷、迷宮內……發生了，大規模的，構造變化……」

「你、你說什麼？」

統管這新設傭兵公會的公會長也因這突如其來的緊急報告而驚呼出聲。

「規模……不明。現在……第一層也……哈啊哈啊……變化為遺跡……包含調查隊在內的傭兵們被留在各樓層。」

「怎麼會這樣……竟然連第一層都出現了變化。之前的紀錄上，從沒見過、也沒聽過這麼大規模的構造變化啊。」

傭兵公會是每個國家都會設立的傭兵斡旋組織。

他們之所以保持中立的最大理由，是因為在自然環境下一旦發生魔物失控現象，公會擁有獨自防衛的權限，另外還可針對迷宮等特殊領域進行調查或探索。

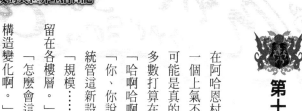

尤其是迷宮，不僅很難監視，也不容易判別魔物失控的前兆。因此公會直接管轄的探索小組才會頻繁地進行著調查活動。

另外，調查不時發生變化的內部構造也是工作內容之一，但像這次這樣的大規模構造改變，則是前所未有的案例。

『可惡，這樣只能當成幾天前派去探索的成員遇難了嗎……雖然他們能自力回來是最好，不過最糟糕的情況就是調查隊全滅了。在缺乏情報的這個狀況下，我們這邊也無法派人去救助他們。』

公會長在心裡抱怨。

構造變化是至今發現的迷宮也常發生的現象。

但依照專家的看法，大致上來說較上面的樓層或比較接近地面的領域，相對不容易發生變化。實際上，大規模構造變化確實多發生於底下的樓層。

這次連第一層都發生變化，真的是前所未有的狀況。

留在迷宮內的傭兵只能想辦法自行逃脫，傭兵公會也因為害怕二度災害而不能派出搜索隊。

當然留在迷宮內的傭兵們也可能早就全滅，在沒有任何情報輔佐的情況下，公會長也不知該如何做出決定。

「沒辦法……從現在起到構造變化結束之前，先暫時封閉迷宮。也得跟各個傭兵公會報告……」

「第一層的……頭目房……已經變化為遺跡結構，但除此之外也發現了新區域……至少需要把第一層重新調查過……」

「不行。既然迷宮的狀況尚未穩定，就不能派出調查隊。現在只能靜觀其變了……」

在沒有應對策略的情況下直接派出調查隊，也可能只是遭遇二度災害，並讓迷宮變得更加強大，在迷宮仍持續變化的現況下，無法得知將會造成什麼影響。

將受害控制在最小範圍內也是公會的工作，同時也得注意外界的看法。

『即使暫時封閉迷宮，也會有其他人跑來抱怨吧……真是麻煩。特別是有國家級研究隊闖了進去的狀況，靠我們是沒有權限阻止的。那些傢伙總是會藉著調查的名目胡搞瞎搞啊……』

以傭兵公會的立場來看，當然必須優先考慮登記在案的傭兵性命安危。

儘管外界的評價很可怕，但更可怕的是直屬國家研究機關的成員。

許多專攻迷宮研究的研究家都是貴族出身，他們很可能會打著國家發布調查需求的名義強行闖入。

而負責護衛他們的都是受僱的傭兵。

眾所皆知，研究家大多是不怕死的怪胎，但考慮到受害情形，這種情況下研究家還來調查迷宮真的只是找麻煩。

可是公會長還是得向周圍的貴族報告，然而一旦報告，研究家肯定過不久就會衝來阿哈恩村了。

不能小看研究家的行動力。

「公會長，事情變得棘手了呢……」

「即使拖延傳遞情報的時間，也只是遲早的問題吧。雖然希望他們起碼等迷宮穩定下來再過來，但這也是不可能的任務……那些傢伙總是會憑著一股氣勢，做出瘋狂的行為啊……」

索利斯提亞魔法王國是魔導士之國。

求知是研究家的工作、願望兼欲望，同時也是興趣。

傭兵公會真的不希望那些不聽他人忠告的蠢才過來，但他們就是所謂的不速之客。

真是個令人頭痛的問題。

◇　◇　◇　◇　◇　◇

阿哈恩廢棄礦坑迷宮第三層，湖泊區域。

「一条渚」和「田邊勝彥」撐過自水面跳出的半魚人使出的水砲集中攻擊的彈雨，順利來到湖泊中央的島嶼後，在有如神殿遺跡所在的入口處休息。

畢竟兩人不全力狂奔就會被集中攻擊，又沒辦法和水中的半魚人交戰，只能選擇逃避戰鬥。

利用魔力強化過的腳程奔過長長的橋梁後，當然會喘。

「……呼、呼，總算平息下來了。」

「跑這麼遠……呼、呼，要不是我們，肯定……半路就被幹掉了。」

這座橋從岸邊到中央島嶼約有五百公尺長，雖然一開始就預料到途中應該會遭遇半魚人襲擊，所以無所謂（不，老實說還是有差……），但問題出在半魚人們的加速度與跳躍力。

半魚人會在湖底累積上浮與游泳速度，並以子彈般的勢頭衝出水面。

從渚兩人的角度來看，只有快速衝過去這個方法，而半魚人也明白這一點，所以先繞到前方躍出湖面，毫不留情地射出水彈。

如果不是擁有勇者這樣特殊的體能，應該無法突破這道難關，至於今後還有沒有人能夠闖得過來也很難說。

「話說接下來該怎麼辦？雖然照我的推測，這座有如神殿遺跡的地方應該可以找到通往樓下的樓梯，但我們還得保留回程的體力，不能太亂來。」

「嗯～除了過橋之外，其他狀況都算能輕鬆應付，即使裡面出現頭目級敵人，但畢竟是比較高的樓層，我想應該可以輕易取勝吧。就一鼓作氣往前衝吧？敵人出來就是賺錢跟經驗的好機會。」

「你的欲望有可能會害死你自己耶？」

「都來到這裡了，卻什麼都沒做就折返回去，剛剛為什麼又要費那麼大工夫躲過那波集中攻擊呢？我們先去看了第四層的狀況後再來思考啦。」

渚並不信任勝彥的言行。

因為她知道一旦牽扯到欲望，這個人絕對會亂來，她開始思考起要怎麼把眼前的笨蛋拖回去。

『繩索……手邊還有嗎？要是事情真的變得麻煩起來，就用繩索套住這傢伙的脖子……』

「我說一条……我覺得妳的眼神變得很可怕耶，妳該不會在想什麼危險的事情吧？」

「你之所以會這麼認為，不就是因為知道自己幹了壞事嗎？心裡是不是很害怕自己不知道什麼時候會被拋棄啊？」

「……妳剛剛說拋棄……妳真的這樣想嗎？妳應該沒打算拋棄我吧？」

「我確實想過要跟你劃清界線，因為你做過太多次讓我產生這個想法的事情了。」

勝彥臉色瞬間刷白。

因為他從渚過往的言行，也知道渚確實很怨恨他，而且這裡是迷宮。死者會被迷宮吸收，連屍體都不剩。

是個非常適合執行完全犯罪的地方。

「妳……雖然我是覺得不至於，但妳該不會想趁機把我……」

「你起碼遵守一下約定吧？不然我可能會從背後捅你一刀喔。」

「妳、妳不是認真的吧？」

「這要看你的態度吧？」

勝彥的反省從來沒對將來有過任何幫助。

他都只是當下說說，只要能克服眼前的問題，之後怎樣並不重要。

這種狀況至今為止反覆過好幾次，他到現在才察覺渚已經對他死心了。

「我們是夥伴吧？」

「夥伴是建立在彼此的信賴關係之上才得以成立的。而我並不信任你。我之前說過好幾次了吧？」

「……真的假的？」

「是真的唷♡」

至今從未見過的爽朗笑容更增添了勝彥的不安。

「我們休息夠了，也不喘了，差不多該去調查神殿了吧。如果能找到些什麼就好了。」

「喔……是啊……」

方才那段狂奔帶來的疲勞，加上渚的劃清界線宣言，讓勝彥的精神狀態一落千丈。

雖然渚不是刻意為之，但勝彥能因此安分點也是再好不過。可以防止他憑藉一股氣勢衝鋒。

『不過這也是暫時性的吧。反正他很快就會忘記了。』

渚邊在內心嘆息，邊抬頭仰望神殿。

建築物是希臘風格。

以大理石打造的神殿，與渚記憶中的某物相似。

「這簡直就是帕迪歐姆神殿呢。」

「確實很像我們在教科書裡面看過的帕迪歐姆神殿。」

在渚他們原本所在的世界裡，帕迪歐姆神殿也是被登錄為世界遺產的遺跡，等於是傑羅斯他們所在世界的帕德嫩神廟。

如果傑羅斯在場，就會發現雙方的世界線不同，不過這兩人目前還無從得知此事。

「雖然稍微崩毀了，仍保有原形。屋頂還在，上面的雕刻也很鮮明，尚未褪色。」

「這是女神像吧？這邊是軍神？我對這段歷史不太熟，完全搞不懂就是了。」

「這門上的裝飾真不得了……不僅有金雕，還鑲嵌了寶石。」

「寶石？這個八成是玻璃珠喔。從它是有色玻璃來看，應該有著相當先進的技術。真令人感慨呢。」

「玻璃珠？可惡，我還想偷一兩個走的說……既然是迷宮，就給人一點甜頭啊！」

「……你真是差勁。」

對勝彥來說，錢比歷史價值來得重要多了。

他甚至看著門上的金雕說出「刮一點下來融掉應該可以獲得一點金子吧？」這種話，說好聽點是現實，說難聽就是人渣。

「在進門之前，先從門隙確認一下裡面的狀況。按照常理來說，我覺得這裡應該是頭目房間。」

「確實……那我們謹慎的前進吧。」

眼前聳立著一道金屬製門扉。

兩人稍微推開一點門縫，窺探裡面。看起來這是一座崩塌得相當嚴重的禮拜堂。

而且果不其然，房內深處有某種巨大物體存在。可以確定這裡就是頭目房間了。

「……你覺得那是什麼？要說是生物的話，那東西又沒在動。」

「肯定不是生物吧。有可能出現的是……魔像吧。」

「那傢伙很大耶？打起來感覺會很累。」

「搞不好它的動作意外的慢喔？憑我們的等級可以打贏的啦！」

「……你這話倒是說得輕鬆。」

勝彥喜孜孜地打開門，踏入禮拜堂。

渚也跟在後面。

也許是感應到有人入侵了吧，位在深處的黑影起身，發出沉重的腳步聲，緩緩向前。

從門扉射入的光線映照出黑影的全貌。

「果然是魔像啊。」

「我在懷舊遊戲裡面看過這種敵人呢……」

全身以白色大理石構成的石巨人。

那彷彿在神殿般的軀體強行加上手腳和頭的不協調模樣，散發出獨特的詭異感。

而有如要強調那詭異氣氛一般，身體的支柱部位浮現無數死靈面具，上頭所有的目光全看向了他們。

「妳不覺得那有點像護衛魔像嗎？不過感覺又不太一樣。」

「你是說在『考驗之迷宮』裡面交手過的魔像？那時候是大家一起用錘子打倒了那傢伙對吧。」

「但我們也跟那時候不同，等級提高了許多。應該打得贏吧。」

「是這樣就好了。」

兩位勇者拔出劍，朝護衛魔像奔去。

在充分提高等級的兩人聯手之下，護衛魔像不出多久就被打倒了。

◇◇◇◇◇◇

另一方面，說起傑羅斯一行人的狀況——

「怎麼了啊～？該不會被我的美貌迷倒了吧～」

——正在頭目房裡與像是男大姊的頭目對峙。

眼前這位詛咒法老的男大姊——俗稱法老男大姊的頭目，正詭異地扭著腰誘惑傑羅斯等人。帶著些許憂愁的奇怪目光（？）朝向了除瑟雷絲緹娜以外的所有男性。

很明顯的是想要來一發。

「茨維特，大事不妙啊……那傢伙肯定是看上我們了！」

「啥？不不不，不管怎麼說，魔物都不可能會有那方面的癖好吧！」

「哎呀～那邊的叔叔直覺真敏銳呢～我會使出渾身解數服務各位的喔～嗯♡怎麼樣啊？」

「『不，就算你問我怎麼樣，我也……真的假的啊。』」

傑羅斯只是開個玩笑，卻沒想到法老男大姊是認真的。

「這類魔物通常只會釋出凝聚大量怨念的恨意，應該無法溝通才對……為什麼是男大姊？這個迷宮到底是以什麼為目標，想要到達什麼境界啊。」

「沒想到這種傢伙真的存在……」

「比起這個，法老先生究竟想對老師和哥哥做什麼？請告訴我具體內容！請務必仔細、誠懇、親切地說明！」

「哎呀，我還以為是個普通的小姑娘，沒想到是個懂門道的小小姐啊……不過不行喔，男人與男人之間，有著絕對無法用言語說明的祕密唷。等妳成為一個好女人之後，自然就會懂了。」

「『即使成為好女人也不會懂啦。聽你在鬼扯……』」

「人乾～有個人乾找上門了～～異味、惡臭都沒什麼大不了～咿嘻嘻嘻……」

好色村無法面對現實，崩潰了。

不僅是眼前的法老男大姊，他看了看周圍的木乃伊，發現了一件事。

「哎呀～好色村小弟心情很好呢～」

「感覺很開心呢。」

「不，那怎麼看都是崩潰了吧……他的眼神都死透了喔。」

「真是的，看他這麼高興，這叫人家怎麼忍得住呢。好想抱緊處理然後吃掉他喔♡當然是指『那方面』的吃掉喔？雖然在徹底疼愛過後，會讓你成為我們的一員就是了～」

「我不要啊啊啊啊啊啊啊啊啊啊啊啊啊啊啊！」

好色村的慘叫迴盪在圓頂形的樓層內。

「大叔！快點幹掉這些傢伙，這些木乃伊太危險了！」

「不，憑你的實力可以輕鬆獲勝吧。為什麼這麼害怕？」

「明明剛剛還在那邊神擋殺神的耶。」

「這、這些傢伙的兩腿之間，有某種雖然已經風乾，但很熟悉的玩意兒啊！」

「「你說……什麼……？」」

傑羅斯和茨維特原本以為周圍這些木乃伊都是女性，但其實他們跟法老男大姊一樣是人妖。

不該稱他們為木乃伊，要叫妖乃伊才對吧。

「難、難不成……周圍這些木乃伊全部都是？」

「開玩笑……的吧……」

「真的唷～以前我讓我的王國軍隊與子民全部走上了這條路啊～我就是規矩，依照我的喜好打造了只屬於我的國家。順帶一提，國名就叫做人妖王國唷。」

「「怎麼會有這種暴君──！」」

「女人不是流放就是處死，再慢慢地花上許久的時間，讓所有男人墮入此道……不過也因為這樣，國家最後走上少子化之路而滅亡……畢竟周圍全是沙漠，沒有其他國家，招攬不到好男人呢～」

「「「沒人想知道這段黑歷史……」」」

法老男大姊比想像中還危險。

然後眾人一點也不想知道，居然有因為這種無聊的理由而滅絕的古老王國。

如果是認真鑽研考古學的學者得知此事，說不定真的會想尋死。

「不過沒關係……既然我都就此復甦了，這次不會再失敗了。我要離開這裡，建立新王國！」

「「「就算死了依然懷抱著如此宏大的野心嗎？」」」

「……是說這件事雖然不重要，但包著繃帶的男性不知為何有點萌耶。」

「我懂～♡妳真是個殺了可惜的小姑娘呢。如果以前我身邊有個這麼懂我的孩子，事情就不會演變成那樣了……」

『『『你到底做了什麼？』』』

雖然還有很多地方想吐槽，但是實際上要是這法老男大姊真的出了地面，這個世界可能會在另一種意義上變成地獄。

大叔等人決定無論使用什麼手段，都要在這裡滅了他。

「話就說到這裡了～因為接下來還有一段快樂的時光在等著我們呢，我就稍～微認真地陪你們一下吧。」

「怎、怎麼這樣……我還有事情想請教你的。」

「小小姐，對不起啊。我雖然不討厭妳，可是我也有該做的事情。真的很可惜……如果我在活著的時候能遇見妳，我們一定能成為好朋友……」

「請等一下！我……不喜歡這樣！我還想跟你多聊聊……」

「我們的相遇真是太不湊巧了。妳是活人，我則已死，生存的時代也不相同。神……真的很殘酷呢。竟然在這時候讓我遇到最能理解我的人……」

「法老先生……我明白了。我……我會盡全力抵抗你的！」

「沒錯……這就對了。來挑戰我吧。」

兩人之間竟產生了奇妙的同理心。

法老男大姊改口以小小姐來稱呼瑟雷絲緹娜，也是因為認同了她吧。

兩者用拋下了什麼般的嚴肅表情凝視著對方，瑟雷絲緹娜舉起權杖，法老男大姊則從全身甩出無數繃帶，伺機而動。

『『這是……什麼狀況……』』

簡直像是以前的機器人動畫，敵方角色偶然與主角相遇，雙方交流之後，又再度在戰場上相互對峙時的氣氛。

明明互相理解，卻非得一戰不可的悲壯與哀愁。無法退讓的信念。

可是實際在眼前上演的景象，並不是那麼美妙的東西。

就直說了吧，這是腐女間的友誼。

「總之要先來試試妳的斤兩～你們幾個，給我上～」

成群的妖乃伊一同採取行動。

儘管動作緩慢，不過他們從身上伸出蠢動的綳帶，朝著瑟雷絲緹娜的方向伸去。

然而綳帶本身沒有重量與速度，只能纏繞在獵物身上封鎖其行動。妖乃伊真正的武器是從身上往四周灑出的帶毒皮膚碎片。

只憑他們要抓到以強化身體魔法強化過自身能力的瑟雷絲緹娜，確實不夠力。

「對不起！」

瑟雷絲緹娜邊道歉邊毆打妖乃伊。

揮下的權杖一擊便粉碎了敵人，她又接著將權杖朝另一個妖乃伊橫掃而去，將敵人攔腰截斷後，毫不留情地踏碎了敵人的頭部。

雖然對敵人毫不留情，但瑟雷絲緹娜平常訓練的時候也不會做到這種程度。

這是她之前在法芙蘭大深綠地帶學會的戰鬥方式。

在嚴苛的環境之下，只有殺或被殺兩種選項，一點點大意或良心不安都很有可能會致命。

因為她憑著自身的意志解除了封印無情之心的限制器，她現在徹底排除了良心或手下留情之類的念頭，同時又保留能夠冷靜判斷狀況的理性，化身為專精於作戰的野獸。

雖然只是暫時性的，但是正因為她確實感覺到了兩人之間的友情，因此決心使出渾身解數作戰，這也算是她致上敬意的方式。

「啊啊……太棒了。這才是我的好友。美麗地反抗我吧……這就是我們的命運啊。」

「不，既然要全力作戰，你為何不發出詛咒呢？你既然是高階存在，應該辦得到吧。」

「我才不做這麼不解風情的事情呢。我也有身為王的矜持啊。而且詛咒人一點都不美。」

「矜持啊……」

雖然不知道男大姊的矜持是什麼，但以某種意義上來說，詛咒法老不使用詛咒簡直是救贖。畢竟詛咒具有低機率的即死效果。

不過詛咒法老不是這樣就可以放心對付的天真魔物。而且一點都不溫柔。

「數量太多了……瑟雷絲緹娜，我也來幫忙！」

茨維特舉起長劍加入戰局。

畢竟敵人只是弱小的魔物，就算是靠蠻力攻擊，也能輕鬆擊退。

茨維特戒備著束縛繃帶，同時盡可能地在劍上灌注魔力來強化破壞力，打算把妖乃伊連人帶核一舉擊碎。

「哥哥，這樣不利於長期作戰。」

「我有思考過魔力的分配。畢竟還要留下燒光他們的魔力。」

「啊啊……竟然為了保護妹妹而主動舉劍來挑戰我，多麼出色的達令啊。你們真的是太棒了……太美了，究竟要讓我多麼喜悅才肯善罷干休呢～～～～♡」

「不，我完全沒有這個打算……」

還被法老男大姊大肆稱讚。

相對的好色村這邊——

「不～～～～～～～我受夠人妖宴會啦啊啊啊啊啊啊啊啊啊啊！」

——腦袋亂成一團了。

只見他胡亂揮著劍，即使是說客套話，也很難說他正在作戰。他的模樣實在太沒出息，與善戰中的兩人呈現了強烈的對比。

不過在吸引妖乃伊注意力這點上倒是表現得很好……

『那麼，對手是這樣的木乃伊系魔物，而且是高階的法老。雖然要打倒他是不難，但這類魔物在消滅的瞬間會留下詛咒。如果是茨維特他們的等級可能會瞬間喪命。周遭的妖乃伊也會留下帶著毒素或麻痺效果的細小粉塵，若要打倒他，就得確實地一擊收拾掉，不然會很麻煩。』

如同傑羅斯所想的，身為木乃伊高階種的詛咒法老在消滅的同時，會向四周散播充滿怨念的瘴氣。

如果只是異常狀態那還好處理，最可怕的還是具有高即死率的詛咒。傑羅斯擔心的就是這個。

先不論好色村的安危，他不認為魔法抗性還不算高的茨維特等人可以承受得了。

這麼一來最好的辦法確實是只用一擊就解決掉對方。

『好，使用「煉獄火炎」燒光那個法老。小嘍囉交給好色村應付就行了吧。』

煉獄火炎是經過傑羅斯改造的魔法，擁有一邊淨化瘴氣一邊持續燃燒的特性。

這是將通常魔法會以自身魔法為引水並同時運用自然界魔力的特性，置換成成利用敵方魔力的概念而打造出來，可以淨化吸收因瘴氣而變質的魔力，並轉換為魔法效果。是專門打造來燒毀不死系怪物的魔法。

只要是不死系，就無法逃過這個魔法的攻擊。

『這個法老男大姊也是倒楣，才剛復活就又要被滅掉……』

大叔在心裡稍微同情了法老男大姊一下。

如果法老男大姊在這裡遇到的是其他魔導士，或許遲早有機會能走出地表，但既然對手是傑羅斯，那就是不可能實現的願望。

當然傑羅斯也不想幫他實現……

「嗯～把我的達令們當成飯後甜點～總之先從那位叔叔開始好好享用吧～好了，叔叔～收下我的愛～～～♡」

「哎呀～請容在下婉拒。是說剛剛那些互動到底算什麼啊？」

「那個是那個，這個是這個唷。你不用客氣～我啊～會很溫柔地對待你喔～別看我這樣，我技術可是好得很唷～」

「但是我喜歡女人，所以不好意思，雖然才剛見面但是得說再見了。『煉獄火炎』。」

將不淨焚燒殆盡的煉獄火焰，在法老男大姊身上炸裂開來。

這位冠上法老之名的大塊頭木乃伊，瞬間像是火把一樣熊熊燃燒了起來。

「好熱喔～～～～♡我、我還是第一次體驗到這麼激烈的～～～～♡」

「「「為什麼他看起來很爽啊？」」」

儘管知道所謂的不死系魔物，通常都是在活著那時的人格產生變化的過程中走上歪路，但法老男大姊應該一開始就歪到另一個方向去了。

「啊、啊啊～～嗯♡這就是熱度……熱情的火焰，靈魂的痛楚……忘懷已久的超、強、感、受，快感♡太棒了～～！」

「大叔……」

「老師……」

「師傅……」

「別這樣看我，這反應也是在我意料之外啊……」

三人冷漠的目光好刺人。

儘管正被淨化火焰燃燒，法老男大姊仍發出了恍惚的歡欣之聲。

一般的不死系通常會在淨化過程中痛苦掙扎最終化為灰燼消逝。

對身為怨念團塊的不死系而言，淨化應該是他們最忌諱且致命的攻擊。

但法老男大姊既然能保有自我意識，就代表他跟只憑著怨憤攻擊他人的存在不同，淨化火焰也不一定能達到攻擊的效果。

還因為精神層面的變態程度，讓他覺得這是一股快感。

確實是……………………變成這樣了。

「怎麼會這麼美妙～～我覺得超棒的……快要昇天了♡要上去了，真的要上去了喔喔喔喔喔嗯！」

『『『好啦務必拜託你上去啊。我看著都覺得難過……』』』

「好熱……真的好熱喔。超棒的♡這、這就是……活著。實際感受到活著呢……」

法老男大姊生前如同本人所言，完全順著欲望而活，因此毀了自己的國家。

即使死後，他那無窮無盡的欲望讓他留下肉體，化為不死系後仍不知停歇。

同時也因為喪失生前具有的五感，而開始鬱悶扭曲的新生。

不死系感覺不到痛。

不死系感覺不到熱。

不死系無法擁有觸覺。

這也就代表，無法直接享受生前所有的快樂。

這段虛假的生命，對法老男大姊而言，其實是漫長的監牢。

再也感受不到自己追求的快感，讓他的魂魄更加陰暗沉淪，變成詛咒，化為把自己束縛於這個世界的力量。

因為傑羅斯的煉獄火炎，至今無法感受到的痛楚竄過法老男大姊全身——嚴格來說是其魂魄，遭到淨化火焰燃燒的熱度喚醒了他對於活著的實質感受，甚至找回了活著的喜悅。

從漫長的不死監牢解脫的時候終於到訪。

「啊啊……這下終於能解脫了呢……從這漫長又扭曲的虛假人生之中……沒想到能死去竟有這麼強烈的快感，我……都不知道。」

「咦？感覺他好像硬是想讓事情有個美好的收尾……」

「無所謂吧？只要他能好好昇天……」

「你們別混了，快來救我啦！不管打飛妖乃伊幾次，他們還是不死心的拚命糾纏我耶！」

好色村被妖乃伊纏上了。

看樣子他有著會被有那方面嗜好的人纏上的不幸體質。

「啊啊～嗯……不過我不忍心留下我的甜心們……大家一起在快樂的狀態下前往天國吧……」

法老男大姊這麼說罷，就像要鞭子那樣操控捆在身上的大量繃帶，纏繞住周圍的木乃伊。

木乃伊是乾燥後的屍體，當然屬於易燃物。

熊熊燃燒的煉獄火炎順著繃帶點燃妖乃伊，接連燃燒。

「師、師傅……這狀況不太妙吧？」

「在密閉的室內發生了火災啊……再這樣燒下去我們可能會因為缺氧而有生命危險呢。」

「老師，我們快逃吧！」

「不要丟下我啊！」

傑羅斯一行急忙回到前來的路上，躲在相對狹小的通路裡，緊急張設擁有隔熱效果的魔法屏障。並遠遠地觀看法老男大姊與妖乃伊燃燒的狀態。

真是場華麗的火葬。

「要上去了～～～～～～～～～～～～～～～～～～～嗯♡……」

還聽到了一點都不想聽的法老男大姊最後的吶喊（？）。

「…………解決掉他了嗎？」

「被那麼猛烈的火燃燒，是該消滅了吧。」

「我還想多問他一些事情呢。」

「……我不認為那是最後一個法老男大姊。只要還有想法與他相同的人，就可能有第二、第三個法老男大姊出現……」

「「不要說這麼駭人聽聞的話好嗎？」」

「這倒是滿值得期待的呢。」

「「？」」

瑟雷絲緹娜原本沉睡的腐女嗜好似乎完全覺醒了，不過現在先不管這件事。

木乃伊的火葬仍持續著，直到完全燃燒殆盡之前，四人哪兒也去不了。

一行人觀察了頭目房間一段時間，最後有個裝飾華美的寶箱遺留在房間中央。

「傷腦筋。因為遇到怪胎，害大叔我都沒幹勁了……」

「要是那種東西跑出迷宮，地上毫無疑問會陷入一片混亂。只不過是另一個層面……」

「我只期望其他木乃伊不是妖乃伊。話說我們不去開寶箱嗎？」

「原來在迷宮內打倒特定魔物之後，是真的會出現寶箱啊。我好在意內容物。好期待喔。」

打倒頭目級魔物後會出現報酬寶箱。

不過畢竟是那樣的對手，所以大叔無法消除心中那抹對內容物的不祥預感。

一行人在確認寶箱有無陷阱之後，緩緩打開上蓋。

「「…………………」」

茨維特和傑羅斯都說不出話來。

而明明沒使用，鑑定技能卻又在這時候擅自發動了。

令人在意的鑑定結果是——

＝＝＝＝＝＝＝＝＝＝＝＝＝＝＝＝＝＝＝＝＝＝＝＝＝＝＝＝＝＝＝

【防守的運動短褲】　　【古代王的黃金面具】

防禦力＋250　　防禦力＋3

速度＋150
特殊效果　　　　　　　　　　　特殊效果
魅惑　引誘　　　　　　　　　　無

在魔導文明期的道德淪喪時代，少女們為了賺錢而賣給黑市店家的運動服一部分。
最近已經沒人會穿的色色代名詞。
在黑市中被奉為傳說中的服裝而聞名。
現代似乎有某國的法皇會讓歷代的聖女穿著。
古代王的黃金面具則只有考古學方面的價值。

＝＝＝＝＝＝＝＝＝＝＝＝＝＝＝＝＝＝＝＝＝＝＝＝＝＝＝＝＝＝＝＝＝＝＝＝＝＝

『不需要給這些沒必要的說明～～～！是說為什麼運動短褲有這麼好的性能？一般來說應該要跟面具對調吧？而且好像順便揭穿了某個大人物的性癖耶？還說是傳說中的……』

大叔在心裡猛力吐槽。
打倒的魔物奇怪，獲得的報酬果然也奇怪。
「運、運動短褲～～～Foooooooooooou！」
相較之下好色村整個人充滿了幹勁。
好像有某種東西觸動了他的情感。
「為什麼好色村興奮起來了？」

「這款運動短褲具有提升某些特殊對象性欲的效果。迷宮到底是……」

「啊，我好像懂了……」

好色村已經掉進萬劫不復的深淵裡了。

徹底遵從性慾的他，總是會這樣擅自貶低自己。

「這是女性用的裝備嗎？」

「與其說裝備，其實是競技用服裝的一部分。這個還要加上上衣才是一整套，但會呈現出女性的體態線條。對剛準備轉大人的少年來說太刺激了。」

「要我試著穿看看嗎？」

瑟雷絲緹娜或許是對附加的效果很感興趣吧，只見她用雙手撐開運動短褲，仔細地觀察。這也證明了她是個一隻腳踏入了研究職業領域的魔導士吧。

更可以證明她和庫洛伊薩斯的確是血緣相連的兄妹。

『小、小緹娜竟、竟然要穿運動短褲？』

好色村已經去到無法回頭的境界。

這時候的他早就以光速忘記了瑟雷絲緹娜是自己應該要護衛的對象。

從他重重喘著氣，以炯炯有神的雙眼直盯著瑟雷絲緹娜看這點就可以知道了吧。

「妳還是不要吧。它上面附加了魅惑與引誘的效果。妳還沒穿，好色村就已經這麼興奮了喔？要是真的讓妳穿上，他就要變成無法壓抑性慾的禽獸了。」

「畢竟他是個忠於自身欲望的傢伙啊……」

「這個真的有這麼厲害嗎？」

「對好色村這樣的人來說，魅力好像強到會讓他呼吸急促起來喔。」

「呼咻～～！呼咻嚕嚕嚕嚕～～～！」

毫不留情猛損好色村的大叔，以及呼吸急促的危險人物。

傑羅斯不可能到現在還會對包含運動短褲在內的女性內衣起反應。

茨維特和瑟雷絲緹娜因為文化不同而無法理解這件事，算是不幸中的大幸吧。

「……看樣子還是不要裝備比較好呢。」

「怎麼這樣……裝備了那個就能提高防禦力與速度，不是可以增強戰力嗎……」

「要這麼說的話，好色村你自己穿上不就得了。你很喜歡這個吧？」

「別說這麼恐怖的話，我穿了只會下面凸出一大包吧？誰看了這個會高興！」

「法老男大姊吧？話說會凸出一大包的原因，是因為穿上去之後會強調某個部位，還是因為你的性癖會讓你興奮起來，是哪方面的意思呢？」

「當然是前者吧，你在鬼扯什麼啦！」

傑羅斯投出略顯懷疑的目光，嘀咕著「如果是好色村小弟，說不定……」聽到這話的好色村則拚命否認。

茨維特看著兩人，做出了「我們也差不多該趕快走了吧……」這種理所當然的反應，心裡則是抱持著和大叔相同的意見。

這段愚蠢到家的小插曲，在繼續前進的途中依然持續了一陣子。

Silent Witch 沉默魔女的祕密 1~2 待續

Kadokawa Fantastic Novels

作者：依空まつり　插畫：藤実なんな

魔力測定&恩師赴任——
最強魔女面臨身分穿幫的危機即將崩潰!?

〈沉默魔女〉莫妮卡光是安然度過普通的校園生活就已經讓她精疲力竭，然而身分穿幫的危機卻一波波接踵而至？對大家而言輕而易舉的社交舞與茶會，都讓莫妮卡一個頭兩個大。就在這麼傷腦筋的節骨眼，又出現了新的危機朝第二王子逼近？

各 **NT$220~280/HK$73~93**

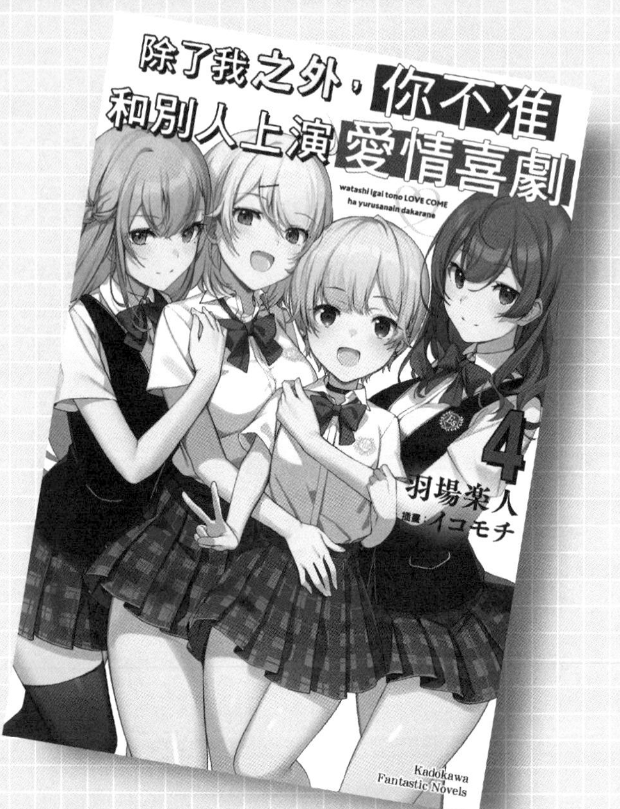

除了我之外，你不准和別人上演愛情喜劇 1~4 待續

Kadokawa Fantastic Novels

作者：羽場楽人　插畫：イコモチ

暑假和情人一起過夜旅行!?
眾美女將以泳裝&浴衣裝扮美豔登場!!

我與夜華終於完成了心心念念的初吻。季節進入夏天。我們即使忙於準備文化祭，也抽空私下見面。挑選泳衣、夏日祭典，還有必定要有的約會。而瀨名會成員去海邊過夜旅行時，發生了事件？夏日魔物肆虐的兩情相悅戀愛喜劇第四集！

各 NT$200~270/HK$67~90

不時輕聲地以俄語遮羞的鄰座艾莉同學 1~3 待續

Kadokawa Fantastic Novels

作者：燦燦SUN　插畫：ももこ

政近與艾莉進展到在家約會!?
和俄羅斯美少女的青春戀愛喜劇第三彈登場！

期末考即將來臨，政近將努力念書當成第一要務，然而昔日和周防家那段無法抹滅的過節以意外的形式出現，政近因而病倒——「有希同學拜託我來的。她要我照顧你。」「……」【騙你的。】（嗚咕呼！）艾莉竟無預警來到政近家要看護他！

各 **NT$200~260/HK$67~87**

國家圖書館出版品預行編目資料

賢者大叔的異世界生活日記/寿安清作 ; Demi譯. -- 初版. -- 臺北市 : 臺灣角川股份有限公司, 2022.11- 冊 ; 公分. -- (Kadokawa fantastic novels) 譯自 : アラフォー賢者の異世界生活日記 ISBN 978-626-321-963-2(第14冊 : 平裝) 861.57 111014881

Kadokawa
Fantastic
Novels

賢者大叔的異世界生活日記 14

（原著名：アラフォー賢者の異世界生活日記 14）

2022年11月16日　初版第1刷發行

作者：寿安清
插畫：ジョンディー
譯者：Demi

發行人：岩崎剛人
總編輯：蔡佩芬
編輯：黎夢萍
美術設計：黃永漢
印務：李明修（主任）、張加恩（主任）、張凱棋

發行所：台灣角川股份有限公司
地址：104台北市中山區松江路223號3樓
電話：（02）2515-3000
傳真：（02）2515-0033
網址：www.kadokawa.com.tw
劃撥帳戶：台灣角川股份有限公司
劃撥帳號：19487412
法律顧問：有澤法律事務所
製版：巨茂科技印刷有限公司
ISBN：978-626-321-963-2